救生員
Lifesaver Deployed
派遣中
洛克雷恩 著

目次
CONTENTS

序章

「站在這裡等我一下。」說完，敏敏提著延長線的輪座，獨自走入一片黑暗中，在這伸手不見五指的環境裡她完全不需要任何的照明，顯然她對這地方已經相當熟悉，儘管有關敏敏的大部分背景都是我不需要過問的謎題，那是我與她之間的默契，但我仍不禁在心裡浮現出一個小小的疑惑：她是怎麼找到這個地方的？

在敏敏消失於黑暗中不久後，寬敞的空間裡便響起了柴油發電機的聲音，伴隨那引擎運轉聲的迴盪，橫梁上零星的幾盞鎢絲燈泡逐漸亮起，我才發現原來這是一處老舊的廢棄倉庫，過去可能是淡水魚的養殖場，因此兩旁還留下了由水泥鑄造而成的蓄水池。

「跟我來。」敏敏一邊牽著插好電的輪座，一邊示意著我搬起剛剛買來的二手微波爐繼續往倉庫的內部走去。

敏敏的身高並不算太高，她整個人的身形與外貌都與她的實際年齡不太相符，任何人乍看之下，第一眼肯定都會將她誤認成普通的女高中生，而且很可能是拳擊社的，因為她穿著整套腥紅色的體育服，用髮夾固定著緊繃的麻花辮，雙手的指關節都有破皮，一邊的眼窩掛著明顯的紫灰色瘀青，鼻血應該也是隨手用袖口抹掉，以至於臉頰上仍殘留著沒擦乾淨的血漬，尤其她嘴角上的破洞，那更時常令她不自覺地用舌頭去舔弄那傷口，總之，她看起來就好像跟某人才剛在路上打過一架的樣子，儘管外表狼狽，她的眼神卻盡顯堅定與自信，她沒有表現出任何的痛楚，臉上也完全沒有流露出任何情緒。

在成排乾涸的蓄水池中，只有一座是注滿水的，而且水面上還鋪設了一塊木棧板，棧板的縫隙間則露出一截水管。

敏敏先是叫我將微波爐放下，接著她捲起袖子、抽開了木棧板，然後硬生生地從蓄水池的底部拽出了一包沉甸甸的黑色塑膠袋。當敏敏將那一大包重物摔在地面上時，無力的蠕動、沉悶的呻吟聲，很明顯，裡頭正包裹著一個人：一名成年男性。敏敏從口袋裡掏出一把美工刀將塑膠袋割開，原來除了最外層的包裹，這個男人竟然還被一輪又一輪的封箱膠帶纏捆起來，儼然就像一具木乃伊，手腳都被限制行動的他就這樣被置放在水裡，天曉得他已經被泡了多久，唯一能夠讓他維持呼吸的就是插在他嘴巴上的一截水管。

「別動。」敏敏冷淡命令道。然而也許是出於恐慌，這名陌生的男人持續發出語意不詳的嗚咽聲，眼見對方還在不斷擺動身體，敏敏乾脆一腳踹在他的臉上，對方停止掙扎後，取而代之的就是一陣痛苦的抽搐，連接他口部的那截水管也慢慢流出混合著血絲的唾液。敏敏跨坐到他的胸口上，並將美工刀的刀尖貼在他的耳朵旁：

「我現在要將你頭上的膠帶割開，如果你再亂動的話，受傷就是你活該。聽懂了嗎？懂了就點點頭。」

那名男性點頭表示明白。

有別於剛才的粗暴，敏敏謹慎地操作手中的美工刀，在不傷及他皮膚的前提下將層層膠帶劃開，然後宛若脫模一般將成片如面具的膠帶一口氣撕除，連帶地，敏敏也拔掉了插在他口中的那截水管。於是，這名男子的外貌終於顯露出來，他是一個帶有幾絲銀髮的普通中年男性，我不確定是遭到長期浸泡的關係或是他原本就長得有點臃腫，總之他看起來……幾乎沒有任何特別顯眼的地方。

敏敏又從她體育外套的另一個口袋翻出了一只錢包，然後從裡頭抽出了駕照遞給我，我仔細對照了一下，上頭的照片正是這名中年男子，至於他的姓名則是「山姆．瑞迪克」。

「拜託，你們找錯人了，我連你們是誰都不知道。」他神情慌張地如此解釋。不過敏敏看來並不接受這說法，她將微波爐插上電，接著將這男子的頭塞進微波爐裡，光是這整個過程就已經讓他的恐慌升級了好幾個等級，他一下發出尖叫，一下朝著我投以震驚的眼神，他那視線裡試圖傳達的訊息彷彿是在相信：如果是對我求助的話，說不定我就能阻止敏敏的行動。只不過遺憾的是：他並不認識我，他不曉得我與敏敏之間的關係，我對他徘徊在生死邊緣的醜態一點同情心也沒有，因為他現在脫離不了嫌疑。

看著我不為所動，這個名叫山姆的男子至少不是那種讀不懂氣氛的傻子，他更加焦躁了：「你們要幹嘛？喂！你們是要殺了我嗎？我到底對你們做了什麼，以至於你們要來殺我？」

目睹別人的歇斯底里總令我感到噁心，我不曉得為什麼人類會有如此反智的失敗進化機制，但我也不怪他，畢竟現在頭被塞進微波爐裡的人是他。敏敏無視他的所有提問，轉而單方面地對他口頭陳述一堆資訊：

「你知道嗎？大腦裡面的脂肪比水還要多，佔比超過百分之六十以上，而人的頭骨基本上就像一個蛋殼，任何有點常識的人都知道：你不應該把直接把雞蛋放進微波爐裡加熱，否則雞蛋就會直接爆炸，你能想像自己的腦袋由內而外炸開的樣子嗎？我自己是沒親眼見過，但我猜過程並非一瞬間的事，畢竟功率需要時間累積，你的腦子會慢慢被蒸熟，最後才像爆米花一樣迸開，油膩的腦袋濃湯噴得到處都是，剩下液化的眼珠、冒煙的鼻軟骨、變形的牙齦、外露的舌根……」

山姆一改之前的態度打斷敏敏逞兇鬥狠：「夠了！如果你們在這裡殺掉我的話，我的助理也會找上你們！好啊，來啊！」

「老實說我並不在乎，」敏敏蹲在他的身邊、拍拍他的肩膀：「因為我們都很清楚你只是在虛張聲勢，你根本沒有什麼助理，一直以來你經營的徵信社裡都只有你一個人在單獨行動。所以，不要再跟我來這一套，直接我問你答，說不定你生還的機會還要大一點。」

山姆：「妳是從什麼時候知道我是私家偵探的？」

敏敏皺起眉頭，仰首不耐煩地嘆了一口氣：「我們現在進行的叫作『我問你答』，而不是反過來，難道你聽不懂嗎？」

「妳就是所謂的『經紀人』對吧？」頭部被置放於爐箱中的山姆只能用勉強的眼角餘光望向我：「而你肯定是那個『清潔顧問』了，也就是傳說中的『救生員』？」

「好吧，看來你真的聽不懂。」聽見他又再度提問，敏敏也決定採取強硬對策，於是她直接面向微波爐準備操作設定面板，結果她這才發現微波爐上有保險裝置，如果沒把箱門關起的話，微波爐是無法運作的，而現在山姆的身體就卡在外頭，致使箱門根本不可能闔上。敏敏：「嘖……該死，這一款竟然有安全裝置才能啟動。」

聽見敏敏的抱怨，山姆不由得鬆了一口氣。

不過這並不是什麼大問題，我朝著敏敏走去，彎腰輕碰她的肩膀、取下一根用來固定她長辮的髮夾，稍微拗成鎖釦的形狀插進箱門邊緣的孔洞之後，安全裝置就這樣被我給解除了。

「啊，謝謝。」敏敏對我說，之後她回到原位，繼續設定功率和時間，山姆聽見那些按鈕發出的電子音之後，他又再次惶恐地哭鬧起來。敏敏：

「好了，第一個問題：雇用你調查我們的人是誰？」

山姆：「我不知道，而且根據職業條款我也不能說。」

「嗯，我正期待你會這樣回答。」說完，敏敏按下了啟動鈕，微波爐開始發出低頻的運轉聲。

在爐箱內壁的黃燈照射下，山姆按捺不住地搖晃掙扎，並且不停強調補充：「我說的是真的！我從來沒跟那個人接觸過，對方只用電子信箱聯絡我，訂金也是直接透過網路銀行轉帳而已，我發誓！」

敏敏沒做任何反應，只是靜靜看著他。

「叮」的一聲，微波時間到了，山姆看起來沒有什麼大礙，只是心有餘悸地不斷喘著大氣。

「我剛調了最低功率、定時二十秒而已，但接下來我會逐漸往上加。」說完，敏敏便再次設定下一次的加熱數據。

山姆：「我說的都是真的！」

「我相信你，可是這當中沒有我要的情報，所以我們進入下一個問題。」敏敏：「既然你已經承認在調查我們了，那麼具體而言，對方希望知道些什麼？」

山姆：「他希望得知救生員的所有背景資料，至於原因他則沒交代，所以我也完全不清楚。」

敏敏：「那麼你對『救生員』的瞭解是怎麼來的？」

山姆：「是那個委託人告訴我的，起初我以為那不過是什麼都市傳說，因此一剛開始我還花了很多時間去查證『救生員』這工作是否屬實。」

敏敏：「然後單憑你自己不僅查到了『救生員』，而且還得知有『經紀人』的存在？要說沒人幫你的話我不相信。」

山姆：「好吧、好吧，但應該只能算是間接的，畢竟幹這行，我在警局裡多少還跟幾個舊同事有保持聯絡，稍微打聽一下後再經過自己花時間耐心核實，最終我才相信『救生員』是真的；至於『經紀人』則是來自深網的小道消息，上面的討論區已經有一整套相關的推測，起初關於這部分我還是抱持著半信半疑的角度，但……之後妳就出現了。」

敏敏舔著嘴角上的破洞：「那麼你在跟這些舊同事打聽消息的時候，你有透露出你正在查什麼案子嗎？」

山姆：「沒有，我發誓絕對沒有，除了資訊區隔的原則，在『兜售情報』這件事情上其實是違法的，為了保住工作，現役員警也不願在這種小事上瞭解太多，以免麻煩上身。」

敏敏：「我需要你蒐集到的所有資料，包括那些你剛提到的人脈、聯繫方法，特別是你那委託人的通信紀錄，全部。」

山姆死命點頭：「只要你們帶我回我的工作室，這些妳全部都可以拿走，我甚至可以跟你們保證我再也不碰這個案子了，我連見都沒見過你們。」

話雖這麼說，但我跟敏敏還有一件更重要的事情必須從他口中問出來，尤其敏敏要求他供出所有的人脈，想必她也還沒打算停止繼續利用這個私家偵探。

「最後一個問題：」敏敏伸手揪住對方的頭髮，將他的頭從微波爐裡拽出來，敏敏與他正眼相視：「關於『綁架』的事情你知道多少？」

山姆：「什麼綁架？」

敏敏：「這就對了，我要你幫我們查出有關綁架的事。」

聽見這樣的回答，我不免感到有些失望，時間正一分一秒流逝，遭到綁架的受害者生還率也跟著越來越低，我已見識過太多種死法，我難以克制自己在腦海裡想像著「她」以不同的樣貌反覆而痛苦地死去，那是我揮之不去的白日惡夢，如同幻燈片一幅接著一幅閃過我的眼前。

她現在在哪兒？

她是否遭到了刑求？

她被虐待到什麼不成人形的程度？

此時的她還是完整的嗎？

她是否正位於某個不見天日的地方撕心裂肺地尖叫著？

或者她已精神崩潰，徹底陷入絕望的沉默？還是說，她早已被分成好幾塊，棄置在這座城市的各處？冷凍庫、下水道、垃圾桶、河濱公園……乃至某人的胃裡？

我從來沒想過，她是我仍維持著人類情緒與理智的最後一縷細絲，我想要……我必須找到她。我的真實身分其實與「救生員」這個稱號徹底相反，唯獨這一次，我想真正挽救一個人的生命。

因為她不是自願的。

第一章

我不確定我該從哪裡開始……關於我，你可以知道的第一件事情是：我的全家人都死了。

第一年是我那吸毒過量的大伯。

第二年是我患有嚴重阿茲海默症的祖母。

第三年是我參與過二戰卻不敵腫瘤手術併發症的爺爺。

第四年是我感冒病毒入侵腦髓還連續加班三週的書記官二伯。

第五年是我那被內輪差捲進卡車底盤並遭拖行數十公尺的叔叔。

第六年是我心臟病突發的父親。

第七年是我那在深夜酒駕的母親。

第八年則是我的姊姊「艾琳」，她天資聰穎，體育、學業雙雙優異，一路靠著獎學金遠赴法國取得商學院的碩士。自我有記憶以來，她幾乎是一部會行走的維基百科，我總是能夠在她推薦的各類電影、雜誌、小說、論文中學到不可思議的知識與智慧。然而她卻嫁給了一個全家信奉幸福學會的先生，在所謂的「捨慾淨化」療程中遭遇嚴重的精神壓迫加上長期營養不良導致多重器官衰竭致死。

連續八年，我都必須親自指認他們的遺體、目睹他們的死狀、辦理他們的後事，如此巧合，我無可避免地在辦公室內變成了人資重點關注的對象，而我的主管與同事們也從起初的同情逐年演變成困惑、嘲諷乃至避諱。例如一開始他們還會對我說：「喔，我真的很遺憾。」輾轉幾年則改成揶揄：「怎麼你又有正當理由可以請假不上班了？」然後是開始認真質疑：「該不會是他自己一個接著一個殺死他的家人吧？」甚至，所有人都在謠傳：「他現在很可能正在計劃要殺掉全公司的人，我們最好全都小心點。」

最後這樣的陰謀更出現了超自然的版本：「任何跟『洛伊．柯林』在一天內對話超過三次的人都會在未來的一年內死於非命。」

老實說，雖然我一方面清楚這是很明顯的職場霸凌，可是基於我病態的幽默感，我在另一方面又非常欣賞他們的創意。無論事實與否，我在辦公室裡變成了活生生的死神，他們對我莫名的鄙視與憎厭其實都是恐懼的表現，這替我帶來了意想不到的便利，其中之一——我想也是最主要的——就是沒有人會再來打擾我，不管我呈報什麼樣的提案，我都不會再如以往得到更多不合理的修改要求。除此，我再也不需要加班，我再也不需要出差，我再也不需要投入公司的團體活動，我再也不用參加同事的婚禮、出錢籌備某人的生日派對、看著他們想要到處炫耀的新生兒照片並稱讚那些根本全都長得一模一樣的迷你人類有多可愛……

我幾乎失去了所有人際關係與社交連結，然而我卻毫無所謂，這種感覺十分奇妙，就好像當你將一塊被拆解的手錶重新組裝回去，卻發現即使多出了幾個零件手錶依然可以正常運作一樣，為什麼要在如此精密的機械裡鑲入多餘的零件呢？這一點也不符合工業設計的基礎原則。相同的道理套用在我的生活上，它驗證了我原本的生活確實參雜了不少多餘的冗件。

這樣的情況維持了兩年，人資部主動要求我進行商議，他們的理由是公司需要進行結構調整，所以希望將我從廣告部調到行銷部。但藉此機會，我想幫他們省去麻煩，於是在那小小的面談室裡，我向人資專員提出辭職，一個月後，我的日常生活徹底失去了運作的機芯。

失業六個月，我並不顯得特別頹廢，也不積極於尋找下一份工作，我每天只吃兩餐微波食品，在深夜進行長跑，每隔兩週才外出採買一次食物，平日裡，我不看電視、不碰電腦、不滑手機、不讀報紙，由於不需要出門，大部分時間我都是全裸的，我陷入了一種不需要吸食毒品也能讓意識恍惚的狀態，我成天思考著存在主義的問題，並在腦中開始出現各式各樣的聲音，起初那像是耳鳴，慢慢地它變成了節拍器，最後則是出現了數名陌生男女相互交談的低語，他們就好像是我看不見的真人秀，又或者說是內建於我腦中的收音機，為了能夠收聽這些「節目」，我的睡眠時數開始減少，一天、三天、七天、十五天、二十三天……我徹底失眠了。

到了第二十九天，我才發現自己一直困在多重疊加的夢境裡，原來在十四個小時前我陷入暈厥，落地時，我的頭部與半邊身體重重摔在樓梯上，以至於醒來之後的我除了肩膀與肋骨在每次呼吸時都會隱隱作痛外，我的腦子也是一片昏眩，我的方向感、距離感以及對重心的判斷都存在著誤差，而且我時不時地都難以克制噁心與嘔吐，就在那個當下，我突然產生了一個令我恐慌的體悟：

「遲早有一天，我也會在這棟房子裡孤獨死去，而我沒有定期聯絡人，門窗又長期關閉，說不定被發現時，現場會變得棘手無比；無論到最後會是誰來負責收拾善後，我都不想要給人造成困擾。」

於是，我開始變得偏執起來，原本在家都不穿衣服的我，現在時時刻刻都會穿著整齊的西裝，除此，我還在網路上訂購了一件由透明防水塑膠布縫製而成的連身隔離衣，畢竟，天曉得當我下次再度暈倒時，我會不會因為腦出血而死。

我必須趁我還活著的時候開始清掃家裡，這點不是問題，畢竟我已經有過太多收拾遺物的經驗，太多、太多……

自此，我開始聯絡仲介，將我雙親留下的車子先給賣了。那只是第一步，這棟房子裡還有太多非必要的東西等著處理，我要求天然氣與通訊公司停止他們供應的服務，我自己動手拆除了用不到的照明設施與壁紙，我每天一段接著一段地鋸掉種在我家前門的樹木，我獨自用手推車將床墊、地毯、沙發推到回收場，我日以繼夜地分類那些衣服、書籍、家具、電器……每個禮拜，我都會分批將那些東西運到離我家最近的二手交易市場。

而也是在那裡，我的定期出現吸引了一名女性的注意，她戴著墨鏡、一身如汽車維修工的連身服，腰間還掛著插滿各式工具的皮革腰帶，儘管如此，她嬌小而纖細的身形以及難以量化的優雅氣質彷彿都與藍領階級扯不上關係，她一面抽著菸，一面走向拉著推車的我：

「你還有更多的貨源嗎？我每個禮拜都會看到你。」

而我每個禮拜也會看到她，與我不一樣，她有自己的貨櫃車，因此當她與中盤商交易時，她都會直接將車子開到後門的倉庫。在中盤商的人馬進行清點的同時，她則是會在前台靜靜等待，彷彿她做這門生意已經夠久，她幾乎完全信任中盤商的清點與估價。

「目前算是吧，我只是在清理我家裡再也不需要的東西。」我回答。

她又問：「你剛離婚嗎？」

「我沒結過婚，為什麼這麼問？」

「因為我在之前看到你送來大批、大批的女裝。」

「喔……嗯，那是我媽跟我姊的，她們都過世了，」不知道為什麼，也許她是我在長達近三年來唯一一個主動找我搭話的人，因此我不自覺地將我自己的狀況全盤交代：「不只如此，我全家人都死了，所以我有不少遺物得清理。」

「那麼你呢？你打算自殺嗎？」

「為什……我沒仔細想過……」我一時間對這問題摸不著頭緒：「妳從哪裡看出來我打算自殺呢？」

「沒有冒犯的意思：因為我有時在上班日也會看到你，所以我假設你現在沒有工作；而且你曾連鏡子都拿出來賣掉，我猜想你應該有好一陣子沒有看過自己的模樣，否則——再次強調：沒有冒犯的意思——你就會知道，你看起來好像就快死了，不然的話，你大概就是個罹患科塔爾症候群（Cotard's Syndrome）的初期患者。」

也許我真的是……

「妳的推理很有趣。」我回答：「我沒感覺到被冒犯，純粹是覺得有點突然，因為我已經有好長一段時間沒有跟任何人說話。的確，我現在並沒有固定的工作，除了清理家人的遺物，我也在清理自己的東西，不全是為了錢，而是我想要知道我的生活中可以拿掉多少不必要的零件。」

「『零件』？」

「『把一切不屬於生活的內容剔除得乾淨俐落，把生活逼到絕處，用最基本的形式，簡單，簡單，再簡單』……妳知道，這其實是梭羅（Henry David Thoreau）的名言，當然，如果妳不知道他的話，也可以當作我是在自言自語。」

她淺淺微笑了一下：「我知道，我讀過《湖濱散記》（*Walden*，1854）。」顯然她對這話題感到興趣：「而你相信這理論？」

「稱不上相信或不相信，」我聳聳肩：「只是我目前的狀態正是如此。」

「那麼之後呢？」

「什麼『之後』？」

「等你把你的家當清理到最低限度之後呢？你有什麼打算？」

「我不知道，我沒有任何計畫。」

「如果有別人需要你去幫他們清理他們生活中不需要的內容，你願意嗎？」

「也許吧，關於這方面我已經有比平常人相對豐富的經驗。」

「但在這過程中，你也會無可避免地會從那些要被清理的垃圾去認識別人真實的一面，你能夠承受這種感情嗎？」

「如果連陌生人自己都不想要，那麼他們的感情也不會是我的問題。」

聽到這個回答之後，她將菸蒂熄在隨身菸灰缸裡，並且遞給我一張名片，這時我才知道了她的名字……

「『敏敏』？妳有個很不常見的名字。」

「那只是個稱呼而已。」敏敏說：「如果有天你感興趣的話，你可以用名片背後的電子信箱聯絡我。」

這時，二手市場的老闆帶著一整包的現金來到櫃檯交給敏敏，她在接過那袋鈔票之後便直接轉身朝著後門的倉儲區離去，而那就是我與敏敏認識的經過。

幾個禮拜後，我不只清除了家裡所有的東西，我還託仲介將整間房子都給賣掉了，現在，我所有需要的換洗衣物、盥洗用具、筆電與手機都能濃縮在一只行李箱裡，我離開住了幾十年的舊房子，獨自搬進了市中心一家提供月租雅房的青年旅社，根據我所持的遺產以及變賣所有東西的總收入，對照我每個月的生活花費，我幾乎可以連續十五年不需要再找新的工作，畢竟我已經沒有什麼多餘的物質慾望。

從現在開始，我整天的生活就被限定在這空間比休旅車還小的房間裡，只有一張床、一張書桌，恆溫的中央空調，沒有窗戶，見不到室外的陽光，食物也能從自動販賣機刷卡買到，所以我對「時間」逐漸失去了概念，我分不清現在到底是白天還是晚上，我不知道今天的日期是幾月幾號，我不曉得現在的季節到底是春夏秋冬。

而我每天做的事情就是盯著牆面，聽著我腦海裡的廣播，在接下來的二十六個月裡都是如此。

這聽起來像是某種非人道的精神實驗，但我是自願的，事實上，我反而覺得密閉而狹小的空間、與其他人零交流讓我感到相對平靜，就結果來看，我也沒有崩潰的傾向，除了我的體重下降了不少、膚色變得有些蒼白，大體而言我自認為自己還算正常。

直到有一天，青年旅舍的經理敲響了我的房門……天啊，我真痛恨突如其來的敲門聲，包括不知名的電話來電也是，總之，他告訴我：由於我長期的自閉行為造成部分旅客的不安，因此在收到多份投訴之下，館方希望能跟我解除租約，並要求我在月底前就搬離現在的房間。

面對這樣的通知，我只是用微笑面對，接著我走到交誼廳，非常地明顯，只要是不敢與我對上眼神的人，他們就是投訴者。熟悉的既視感浮現在我的眼前，彷彿回到了從前的辦公室，數年經過，我對某些人來說依舊像是個恐怖的死神，儘管我還沒做出任何事情，我還沒從自助廚房裡拿走所有的餐具，我還沒有在他們睡到一半的時候去敲他們的房門，我還沒有守在公共浴室等他們走出淋浴間，我還沒有在洗衣房的角落靜靜等待他們來拿取烘乾的衣服，我還沒有把那些金屬刀叉放進他們一個又一個人的體內，例如從眼窩、耳道、下顎、頸動脈、肋骨等這些地方，尤其這間青年旅舍使用的輕隔間裡塞滿了易燃的發泡性聚苯乙烯，我還沒有一把火燒了整棟建築。

我還沒有。

當然，我嚇人的原因也有可能是因為我穿著全套西裝，又套著透明的連身隔離衣，不到幾分鐘，交誼廳內的人群就全部解散了，這時我才開始思考著必須找到下一個住處的問題，我走向商務電腦區在網路上查詢著其他仍有提供長期住宿的旅社，但瀏覽一輪下來，完全沒有符合我要求的結果，就算退而求其次想找人暫時借宿，我也沒有任何的朋友，我在電子信箱裡登錄的所有聯絡人都是早已不再聯絡的前同事與客戶……除了一個人以外。

因此抱持著姑且一試的心情，我寫了一封信：

敏敏：

妳好，我的名字是「洛伊．柯林」，兩年多前我們曾經在二手回收中心有過一面之緣，當時的我正在清除自己家中的所有物品，因此妳提供了一張名片給我，並告訴我：如果哪天願意接受專職替別人清掃的工作，我可以透過這個電子信箱聯絡妳。

而我推測：在妳的專業領域裡，除了替人清空他們不要的物品之外，也許妳也知道哪裡留有空房？而這也是我發出此信打擾您的原因，基於某些理由，我急需尋覓一處能夠讓我臨時安頓的住所，不知妳是否掌握相關的資訊？

期盼妳的回信。

以上　祝安

按下傳送鍵，我順勢就想要登出信箱，結果還等不及離開座位，敏敏便在片刻間回信：

給我能聯絡到你的電話號碼，十分鐘後我會打電話給你。

我沒料想到她回信的效率這麼快，因此我也趕緊附上旅館的電話號碼、馬上將信件送出。

接下來我所要做的就是走到櫃檯旁，靜靜等候早已預告的電話鈴聲響起，夜班櫃檯人員對於我的行為完全不能理解，我可以從她的臉上看出明顯的困惑，同時，她的眼角餘光也透露著害怕，她甚至不敢問我：「請問有什麼需要幫助的地方嗎？」

就這樣站立在櫃檯前整整十分鐘後，電話果然準時響起了，櫃檯人員接起，沒過一會兒，她便遲疑地將話筒遞向我。

我接過電話，只希望自己與人交談的技能還沒退化到學齡前的尷尬窘境，敏敏的聲音率先從電話的那一端傳來：

「原來你叫『洛伊』。」

「對。」

敏敏：「你給我的是一家青年旅舍的電話，你的手機呢？一樣賣掉了？」

「嚴格說來還沒，只不過我平時沒有打電話的需求，同樣地，也沒人會打電話給我，所以我停繳了電信費用，只靠著免費的無線網路運作。」

敏敏發出理解的哼笑聲：「很合理。你甚至把你家給賣了，所以你才會住在青年旅舍，對吧？」

「對，」我回答：「但我沒法在這裡繼續待下去了，經理要求我在月底前離開。」

敏敏：「嗯，你只剩不到一個禮拜。」

「是的。」

敏敏：「那麼你找上我到底是為了工作還是需要住所？」

「我想我兩個都需要。」

敏敏又發出笑聲：「我越來越欣賞你了，因為你很聰明，你在信裡對於我的推測是正確的，我手頭上的確有幾處空房的資源。」

「『但是』？」

「沒錯，我有個『但是』，」敏敏：「洛伊，你對我工作的理解並不全面，我充其量只算是個……類似『經紀人』的角色，在我面對的領域裡，有很多的委託內容都屬於『灰色地帶』，你懂嗎？」

「我不難想像，但我並不在乎細節。」

敏敏：「跟你講話讓我感覺很輕鬆，我不必解釋得太多，因為你不在乎跟自己無關的事，『絕對精簡而毫無雜質的靈魂』就是你的人生哲學，對吧？如果我沒記錯的話，你讓自己再也沒有感情。」

「所以，接下來我們怎麼進行？」我問。

敏敏：「關於這個……首先會有個試用期，畢竟如此突然，我想你也能夠體諒。」

「嗯哼。」

敏敏：「然後就取決於你能多快整理好你的行李。」

「最多十五分鐘我就能收拾完畢。」

敏敏：「很好，那麼一個小時之後我們在渡輪碼頭的咖啡廳碰面，可以嗎？」

「妳有那家咖啡廳的名字嗎？」

敏敏：「不用擔心，現在是午夜一點，碼頭邊只有一家二十四小時的咖啡廳，你絕對不可能會錯過。」

「明白。」

敏敏：「等等見。」

掛掉電話，我立刻回到房間收拾行李，事實上我根本不需要用到十五分鐘。坐上計程車，深夜的市中心車況並不擁擠，因此我提前抵達了敏敏指定的咖啡廳，服務生問我需要什麼，我只點了一杯黑咖啡，等到我在靠窗的座位上坐好，我才意識到這是我兩年多以來第一次走出室外，人造皮椅的觸感、從廚房飄出的氣味、牆上電視播放的天氣預報、老舊日光燈管的色溫……這些在現實世界中理所當然的東西，如今卻令我產生剝離感。如果說幻肢痛是病人誤以為他們失去的手腳還在，那麼我的情況或許可以視為相反：我以為單人房外的世界都不見了，但客觀事實是它一直都在。

時間一到，門口響起清脆的鈴鐺聲，進門的人正是敏敏，雖然離我上次見到她已有兩年多，不過整體而言她的外形並沒有多大的改變，這一次，她穿得像是一名在科技業工作的系統工程師一樣，後背包、格子襯衫、牛仔褲、健走鞋，唯獨比較奇特的是現在正值深夜，不過她仍戴著一副飛行墨鏡。

我向她招了招手之後，敏敏偏頭注意到我的位置，才剛坐下，摘掉墨鏡的她立刻就對我說：

「你看起來瘦了很多，簡直就像即將從癌症第三期跨到第四期一樣，你有正常在吃東西嗎？」

「我覺得我只需要攝取最低程度的營養就夠了，反正至少我還活著。」

敏敏：「那你進食的頻率是多久一餐？」

「一天兩餐？」

「你看起來比較像是一週兩餐。」說完，敏敏喚來服務生準備下單：「我需要一份五分熟的沙朗牛排、燻雞三明治、梅醬薯條、蘋果派以及兩杯巧克力奶昔。」

服務生：「目前我們不提供牛排了。」

敏敏：「那可以替換成招牌漢堡嗎？起司跟肉量都幫我加到三層。」

服務生：「可以，那麼關於配料的部分您希望怎麼選擇？」

敏敏：「全加，蕃茄醬、芥末醬、塔塔醬、碎洋蔥、醃黃瓜、生菜萵苣……廚房裡面有什麼就加什麼。」

「哇嗚……」我嘀咕著：「妳確定妳吃得完嗎？」

敏敏聽見了我的質疑，她非但沒有克制，反而還對著服務生加點：「對了，我想要在漢堡的擺盤上多三顆荷包蛋，半熟的，謝謝。」

服務生：「好的。還需要什麼嗎？」

敏敏：「暫時先這樣，所有餐點可以同時一起上。」

服務生：「沒問題，稍後就為您送餐。」

服務生離開之後，敏敏望向我：「好了，現在，我要跟你解釋你必須理解的部分：我已經幫你找好了住所，相對地，你也必須要工作，內容並不複雜，這點你不需要擔心；只不過這個安排非常臨時，所以你只能在那裡短暫停留三個禮拜，而再之後，我會再繼續幫你找下一個據點。」

「那麼分成怎麼計算？」

敏敏冷笑了一下：「先全數收著吧，接下來的幾份工作都還不算我管轄的領域，等你真的完全入行，我們才來商議抽成的問題。」

「所以這一份臨時的工作不會是替別人大掃除？」

「接近，但還不是。」敏敏引領向前，她的語氣與表情隨之變得認真：「關於我真正的職業，有幾點是你必須提前認知的，還記得我曾提過的『灰色地帶』嗎？」

「嗯哼？」

敏敏：「我的業務範圍涵蓋層面很廣，有一部分的客戶所需要的可能只是搬家工人、短期清潔工或者是居家收納的顧問；有一部分則是需要處理事故案件的平房、公寓甚至是汽車旅館；而又有一部分則是……你聽過『證人保護計畫』嗎？」

「聽過。」

敏敏：「負責幫那類的客戶善後這也是我會承接的案子，但，有時它們並不完全來自於官方，如果你聽得懂的話。」

「妳是說，如果某個非法團體或個人也想讓特定目標消失的話？」

「正是這個意思，」敏敏直視盯著我：「你能有這樣的心理準備嗎？」

「我只需要知道時間、地點跟清理程度，其他的事情我沒興趣過問，更何況，我也不可能有洩漏的風險，畢竟我一個能說話的對象也沒有。」

「看來我對你的直覺很準確。」敏敏揚起嘴角，顯然這樣的回答令她十分滿意；接著，她繼續往下補充：「但這還沒結束，除了前三種常見的客戶以外，還有一種人的需求是最特別的，只是我也說過：按照程序，我需要透過試用期來考核你的能耐，因為面對最後一種客戶的特殊委託，我所指派的專員同樣需要特殊的心理素質，那不單是需要自律的保密以及準確的工作效率而已。暫時，我就先把話說到這邊。」

「好的。」

「另外，考慮到你硬體上的缺乏而難以聯繫……」這時敏敏打開了她的背包，將一部筆記型電腦以及一支全新的智慧型手機擺在我的面前：「現在這些就是你的了，全經過加密，請好好保管。」

「我沒料想到在短短一個小時內妳就為我準備好了這些。」

「我說過，那是因為我的直覺告訴我你很值得被重視。」敏敏將筆電與手機收回背包裡，並直接從桌面下將整組背包移到我的這一側：「從現在開始，我都會用文字訊息跟你聯繫，非到緊急情況，我不會打電話給你；你不用擔心我會在三更半夜突然塞給你一個臨時的派遣，所有的任務我至少都會提前一天以上就事前通知。然後如果你有任何需求的話，隨時都可以聯絡我，我指的『任何需求』以及『隨時』……那就是它們字面上的意思。」

「這不會打擾到妳的作息嗎？」

「不會，因為……」敏敏抵著椅背，兩眼望著天花板：「我有非常嚴重的強迫症與失眠，對於任何我應知卻沒即時掌握的事情都會引起我的焦慮。」

「我猜我可以理解妳的狀況。」

正當我喝著黑咖啡時，服務生將餐點全部送上桌了，等到她一離開，敏敏就將所有的食物都推到了我的面前，她直視地盯著我：

「開動吧，其實我全都是為你點的，因為你很需要進食。」

我提起刀叉，卻遲遲不曉得該從哪裡開始：「我不確定我吃不吃得完。」

「那就盡你所能，等到你真的吃不下的時候再告訴我，」敏敏：「還記得我剛說過的嗎？不管什麼問題，你隨時都可以向我求助，你最好開始培養這種認知，並習慣對我建立起信任。」

於是，我切開漢堡，大口吃著多汁又香嫩的牛絞肉，我幾乎早已忘記了微波食品、泡麵與營養口糧之外的食物是什麼味道。

要不是我表現得過於明顯，要不就是敏敏看穿了我的感受，她問：「你有多久沒有吃過像這樣正常的一餐了？」

「我不記得……總之夠久了。」

敏敏一邊用吸管攪拌著她的巧克力奶昔，一邊喃喃對我說：「很好，吃吧，我可不想看到我的合夥人死於營養不良。」

不知過了多久，我竟然靠著自己一人將整桌的餐點都給吃完了，我這輩子從來沒吃過這麼豐盛的一餐，此刻我的血糖濃度大概也是自我出生以來飆升得最高的一次。

當敏敏結完帳、偕我走出咖啡廳抽菸時，天色已經有點微亮。她抽出手機發出一則訊息，我的背包裡也傳來一記震動。敏敏：

「我已經把新的住處地址以及工作內容傳給你了，大約再過一個鐘頭地鐵就會開始營運，你可以搭乘快速列車前往那裡，至於工作則是從後天開始。」

「謝謝。」

「對了，」敏敏說：「如果沒意外的話，我們應該不會再見面，日後我們所有的接觸都會透過訊息聯繫。我猜想這對你而言也沒有什麼問題，對吧？」

「嗯。」

敏敏：「最後，你還有什麼疑問嗎？」

「妳對我的直覺……具體而言是什麼？」

她思考了一下，在抽了幾口菸之後，敏敏一面壓著被海風吹拂的髮絲，一面回答我：「你之所以會不在乎大部分的事情，那是因為你在乎所有的事。」

坦白說，我無法理解這評價的邏輯，但這倒是給了我一個想要認真思考的題目。

熄掉菸蒂、揮著手，重新戴上墨鏡的敏敏與我道別，她朝著碼頭的另一個方向走去，最後消失在人行道的盡頭。至於我，在清空了幾年的人生後，搭上地鐵的首班車，我進入了下一個始料未及的章節。

不過，既然有了前情提要，敏敏其實跟我仍會再次見面，因為，我新的人生章節將出現無比詭異的發展曲線。

036
救生員派遣中

第二章

穿上制服、披上反光背心、戴上耳罩，根據識別證上的資訊，現在，我的名字叫做「艾瑞克．戴維斯」，不過那並不重要，現場的其他人都只會叫我「新來的」。

敏敏替我安排的臨時工作是在國際機場擔任搬運工，雖然現在所有的行李都有幾乎全自動化的輸送帶負責送到其條碼紀錄上的班機，但是在最後一哩路，依舊還是仰賴人工駕駛著工程車把這些物品給運上飛機的貨艙。

那些錯綜複雜的運輸系統就彷彿一座小型的立體快速道路，唯獨差在行李箱並不會自動駕駛，因此每個匝道口都會有個電腦控制的擋板專門把它們推向不同的輸送帶。然而用「推」這個動詞並不太精確，嚴格說來，為了在極短的時間內挪動數十公斤的行李箱，通常那些擋板都會用撞的，彷彿彈珠台最底部的那兩根撥片一樣，只是套上了直徑更大的彈簧與液壓管，這就是為什麼鋁鎂合金的行李箱時常會出現凹痕，然而複合塑膠製的行李箱反而比較沒事的緣故：因為它們有更好的彈性。

許多人會在他們想要託運的物品上貼著顯眼的「易碎物」或「此面朝上」等告示

貼紙，對，我們都會看見，偶爾甚至還會派人專門處理，但大多時候為了爭取時間，那些貼紙充其量只是一種裝飾。

除了大大小小、造型與顏色不一的行李箱，託運的物品還有更多種，例如成批的食物、電子產品、工業零件、醫療器材……運輸組長一向由資深的搬運員擔任，他會根據託運物品的體積安排艙內擺放的位置，除了要充分利用艙內有限的空間之外，同時他更需要注意配重不會影響到飛機的平衡，運輸組長負責動腦思考三維俄羅斯方塊的問題，而我們這些丟手就只需要遵從他的指揮即可。

是的，「丟手」，從這名稱判斷就能知道我們這些搬運人員的做事方法，畢竟再次強調：我們的時間總是相當有限，在高分貝的工作環境下，我們沒法慢慢去討論怎麼堆疊這些託運貨品，往往一看見組長的簡單手勢，我們就必須相互接力，不加思索地將行李推到、踢到、拋到指定的位置。這工作高度依賴爆發性的體力，因此最省力的方式就是讓自己放空，直到最後每個動作都自然而然地形成肌肉記憶。

在反覆進出一架又一架班機的貨艙之間，我納悶著這些行李的持有者當中，有多少旅客只準備好他們在前往異地時所需的最低物資？大多數人往往攜帶了過多非必要的垃圾，明明單是一個二十九吋的箱子就足以收納他們的一生，但總會有人另外託運了各型樂器、腳踏車、衝浪板以及荒謬的獨木舟，我並不認為那是他們礙於商務旅程的不得不，而是，彷彿只有攜帶了這些東西才能夠代表他們、替他們確保了自我認同的安全感？況且，這僅是他們攜帶的物品，在他們各自生活中所擁有的肯定還要多上不少，基本上這正是大家認為自己需要有間房子的主要原因之一：如此一來他們才可以囤積更多他們根本用不到的廢物，那些東西充其量只能算是體積過大、數量過多的安慰劑。

然後，吃飯時間。

國際機場的運作二十四小時全年無休，所以員工餐廳也一樣，不管在幾點去，永遠都有準備充足的熱食可以吃；搬運工每天需要完成的工時為十小時，但基於安全上的規定，所有的地勤人員在連續進行四小時的工作之後就必須強制休息兩小時以確保生理與精神狀態的穩定。

「喲！新來的，現在輪到你休息嗎？」

這個在我才剛擔任丟手沒過幾天就主動找我搭訕的人名叫「派瑞」，他肌膚暗沉、一口爛牙，頭髮稀疏的程度掩蓋不住他的頭皮，脖子上則露出了印度梵文的刺青，以至於讓人難以在第一時間分辨出他到底是個嬉皮還是曾經蹲過監獄的新納粹成員，當然，就算兩者都是也不相互衝突。

我不知道我自己的身上到底是哪一點吸引了派瑞，凡是到了休息時間他就喜歡對我打招呼，但從他口中說出的大多是不經思考的廢話，例如看見我正在取餐，他就會問我：

「你要吃飯啊？」

「嗯哼。」

如果我拿了義大利麵跟肉汁薯泥，他就會問：

「你拿了義大利麵跟肉汁薯泥啊？」

「嗯哼。」

眼見一樓的座位區已經沒有空桌，於是我正打算前往二樓時，他則會問：

「你要去樓上嗎？」

我看了一下電扶梯，然後又看了一下跟在身後的派瑞，這令我感到無比困惑，因此我停下腳步嚴肅問道：

「派瑞，我不想失禮，不過，你是不是有什麼障礙？」

派瑞：「什麼意思？」

聳聳肩，我指著樓上：「這段電扶梯只會朝一個方向運作，所以若我踏上它，我唯一會抵達的地方就只有二樓，絕不可能前往地下室，對吧？」

派瑞：「對啊，當然。」

「既然你也知道，那麼你為什麼還要問我是否要去樓上呢？」說完，我給出一個敷衍而又客氣的微笑，旋即我就跨上了手扶梯，徒留派瑞還愣在原地。

到了二樓，這裡的人潮大幅減少，總算，我可以暫時遠離一下嘈雜的環境，偏偏就在我找好位置、準備坐下來開始用餐之際，派瑞忽然又出現在我的桌位旁。

「我可以坐這邊嗎？」

還沒等我回答，派瑞就已經在我同桌的對面坐下，原以為他還要向我嘮叨些什麼，結果除了表現得有些躁動不安之外，派瑞沒再吐出任何一個字；既然他無話可說，我也就開始吃起了我的員工餐。

我知道他一直盯著我看，那的確讓我感到有些不舒服，但也只是純粹不舒服而已，對於我的沉默與無視，派瑞的壓力似乎更大，這點從他止不住的抖腳就能看得出來，而要說誰能夠從這場無形的角力中全身而退，我不知道……我才剛在一個狹窄到無法做開合跳的房間裡獨自盯著牆壁生活了兩年多？

「我有個問題想要問你：」按捺不住，派瑞開口了，從他的表情來看，他似乎打算談一些難以啟齒的事：「你住在艾倫的宿舍，對吧？」

「對。」事實上，我連艾倫是誰都不知道，我只是順著派瑞的話往下接，想要看看他到底在盤算什麼。

派瑞：「你知道為什麼艾倫會突然消失嗎？」

「也許他膩了？也許他想開了？也許他想要換種生活？這是個自由的國家，每個人都有遷徙的自由……除了犯法的人之外。」

「你知道他做的事？」派瑞忽然壓低音量，搞得一副非常神秘的樣子，顯然我剛才提到了什麼觸動他緊張神經的關鍵字，至於具體而言是什麼，只要稍微有點常識，其實也不難推理出來。

「不，我不知道。我只知道：他消失，我頂替，就這樣。」

「好吧，」抹著臉，派瑞如釋重負：「我沒想到你這麼謹慎，我的意思是……我在上工的時後一直在觀察你，說真的，你低調到我根本分辨不清你究竟是不是來接替艾倫的班。」

「這只是一份工作，搬貨、運貨、卸貨，沒有什麼值得特別提起的地方。」

「對……你說得沒錯。那我不打擾你吃飯了。」敲了一下桌子，派瑞起身準備離開，但就在他經過我身旁時，他又小聲補充了一句：「今晚也會有『特殊包裹』，下班之後我們在十九號棚碰面，好嗎？」

「嗯，十九號棚。」

聽見我再次確認的回答之後，派瑞就故作沒事地走遠了。

我不知道是不是我過於鎮定而敷衍的態度，反而讓他深信我其實另外意有所指，總之，經過這簡短的對話，我基本可以得知我宿舍的前一任房客——艾倫——曾經是和派瑞一起負責傳遞「特殊包裹」的合作夥伴。至於所謂的「特殊包裹」是什麼，如果有危險的話，敏敏早就發來訊息告知我了，所以，我合理推測這也算是工作的一部分罷了。

時間終於來到了我下班的時候，按照約定，我前往了十九號棚，在那裡我看到派瑞早已蹲在牆邊等我，碰面之後，他向我點個頭，於是在他的帶領下，我們雙雙繞進了棚內，原來除了我們之外還有其他人也在排隊，隊伍分成兩行：一行的人帶著大大小小的背包、手提袋、快遞箱等等，在隊伍的最前頭會有一個人負責根據手機上的清單，使用透明的紫外線標記筆在每個物品上寫下一串號碼，接著他們就會直接提著各自的物品前往載貨上機的運輸車。

至於另一批人，也就是派瑞與我所處的這一條隊伍，則是負責從運輸車上取下各類包裹之後原地解散，當然，在派發貨物時，同樣會有人舉著黑光燈的燈管讓貨物表面顯示出散發螢光的註記，接著那人會一邊比照著手機上的紀錄，一邊將相關資訊抄寫在便條紙上，讓人知道取貨之後需要將包裹送到哪裡、與誰接頭。

終於輪到了我與派瑞，配貨員瞥了我們一眼，然後他質問著派瑞：「這個新來的是誰？」

派瑞：「他負責接替艾倫的工作。」

配貨員：「我希望他比艾倫聰明。」

「他沒問題的。」派瑞搭住我的肩膀：「而且他不愛講話。」

於是配貨員的視線又上下打量了我一番，最後他露出毫無興趣的表情：「隨便，但如果出了什麼意外，責任就算在你頭上。」

派瑞裝得一派輕鬆：「還能有什麼意外？」

配貨員沒再多回些什麼，抄好便條紙交給派瑞後，他指著一座單獨被擺放在他腳邊的防撞箱：「既然你們有兩個人的話，那這件就交給你們去送吧。」

「沒問題。」派瑞擺了一下手掌，要我跟他一起舉起那件防撞箱。

這箱子的重量說輕不輕，卻也沒有重到一個人完全扛不起來的地步。總而言之，我們一人抓著一邊的把手，直接將這組箱子抬出十九號棚，一路向著員工停車場前進，最後順利搬上派瑞車子的後座。

關上車門，派瑞翻出便條紙喃喃自語：「接下來看看我們今天要送去什麼地方……」他一邊讀著便條紙的內容，一邊在中控板上的導航系統輸入座標，等到我們雙雙繫上安全帶，派瑞旋即踩動油門，將車子駛離了停車場。

不到三十分鐘後，我們抵達了一處郊外的加油站，而在那裡，已經有一輛電信工程車正在等待我們。派瑞停下車子，閃了兩下遠光燈，對方立刻有所反應，工程車的側門被拉開，兩個身穿核生化防護衣的男性徒步走向我們，其中一人還提著一組工具包。

我與派瑞也跟著下車，並且將防撞箱搬出後座，陳列在地面上。提著工具包的那名男子掏出了蓋格指數器（Geiger counter）對著防撞箱一陣掃描，雖然很微弱，不過指數器仍發出偵測到輻射的喀喀聲。

陸續，他們又檢查了封條，確認一切沒問題之後，他們掏出一包紙袋交給派瑞，過程中沒有任何的交談，這兩個人將防撞箱扛走之後，我與派瑞也回到車上，各自從加油站的兩個方向驅車離開。

又行駛了約半個小時，派瑞將我送回了機場的員工宿舍，在大門前，他打開車上的頂燈、清點紙袋的內容物，原來裡面是用橡皮筋纏起來的成捆舊鈔，派瑞將一半塞進他外套的口袋裡，然後把另一半連同紙袋交給我。

「謝謝，因為有你的幫忙，這一單的錢比較多。」派瑞說。

「你以前跟艾倫都專門跟同一組人交接貨物嗎？」

派瑞：「呃……大部分的時候是。」

於是，我現在終於知道為什麼派瑞頭髮稀疏並有一口爛牙的緣故，因此我建議他：「如果我是你，我會去買些碘化鉀來吃。」

派瑞：「碘化……什麼？」

「碘化鉀，藥局就有得買。」

派瑞：「那是像維他命之類的東西嗎？」

「對，可以這麼說吧。」打開門，我準備下車：「晚安，派瑞。」

「嘿，等一下，」派瑞在最後一刻按下電動車窗叫住我：「我一直叫你『新來的』，所以，你到底叫什麼名字？」

「艾瑞克。」

「好喔，晚安，艾瑞克。明天見。」

派瑞發動車子走了，我也獨自進入宿舍的房間。我當然不可能告訴他我的真名，因為約莫再過兩個禮拜我就又會從這裡消失，他對我知道的情報越少越好，甚至是捏造的資訊也就足夠了。

有了第一次的經驗，不到兩天，廠裡的人便對我改稱「艾瑞克」這名字以取代「喲，新來的」，我的工作日程也不再照正常的編制，彷彿某種神秘的兄弟會一樣，在眼神交流間，我就能知道誰也加入了這個秘密的運輸社團，並且在有急件時，總會有人塞給我一張便條紙，在那當下即便我正於機艙內搬貨搬到一半，中途離開工作崗位也不會有人覺得奇怪，它就像是機場裡一個人盡皆知的逆模因。

處理特殊包裹的集散地每隔幾個小時就會更換地方，在國際機場將近八十個傳輸埠內，哪一個棚區目前正值閒置、將停擺多久，這些資訊都會顯示在電子佈告欄上，就是那麼簡單。

隨著時間經過，我也不單只有負責送件而已，有時我也負責取貨的工作，那些地點遍佈全城，我總是在地鐵、公車抑或是共享單車之間不停轉換，根據座標，那可能是在某間超市已經棄用的證件快照亭，可能是在安養中心的康樂室，又或者可能只是某戶毫不起眼的民宅前門。至於跟我交手貨物的人包含了炸雞外送員、消防車駕駛、眼鏡行的驗光師……甚至是在家帶孩子的家庭主婦，所有人都使用現金交易，簡單又乾脆。

至於這堆來來往往的包裹內容，即使我並不想知道，但從不同的包裝材質與重量我多少還是能夠猜得出來，病毒樣本、人體器官、國寶級的古董、性虐殺內容的膠捲、貧鈾彈芯的碎片……以及保育類動物，無論是活體或者牠們身上的某一個部分。

透過機場的地勤運輸人員，這類違禁品完全不會接觸到海關，也不需經過X光機的掃描，更別提有扣稅的問題，只要付得起相對應的運費，任何航空法上被歸類為危險的物品都能毫無限制地在世界各地自由來去；因為幾乎在所有國家的主要國際機場都有負責處理特殊包裹的地勤人員存在。

他們自發性地建立起了一個地下物流王國。

至於營運的窗口，無非就是暗網、直播平台、線上遊戲的留言板或由私人伺服器搭建而成的區域網路。

儘管我並不排斥這樣的經歷，但長時間的搬運、通勤、取貨、送貨……這些都消耗了我太多的體力，尤其我失眠的症狀還依然存在，外加，這裡已經有太多人知道了我的名字，即便那不是我的真名，不過他們已陸續記得了我的長相，這點讓習慣獨處多年的我開始變得有些困擾。

總算，就在我感到煩躁之際，這份短期工作的時限到了，敏敏傳來新的資訊，做完最後的時數，回到員工宿舍的我拖著一樣的行李、揹著一樣的背包，無聲無息地消失在深夜之中，唯一不同的地方在於：我的身上多了太多的現金。

我不想讓國稅局因為這筆來路不明的所得找麻煩，也不認為這麼小的問題就需要請求敏敏的協助，於是我保留了當中的兩成，剩餘的則是在附加一張紙條之後，親自投入流浪狗中途之家的信箱中。

接下來的半年內，我用過幾個名字、遷過幾次住處、換過幾份工作。

我曾當過「東尼．安德森」，是一名醫院的夜班保全，然而這間醫院非比尋常，就醫者往往帶著嚴重的刀傷、槍傷乃至藥物濫用的中毒症狀，可想而知，假使他們被送進了普通醫院的急診室，那都是會被立刻通報給警方的案子。而我的工作除了看門、過濾進入電梯的權限之外，我也需要像個西部時代的酒保一樣，要求所有同行者在進入沙龍前將身上所有的武器無一例外地通通寄放在前台的置物間，在剩餘時刻，我另外得定期用漂白水清理大廳地板上的血跡、嘔吐物、腸脂肪、成分不明的化學粉末……這對我而言一點也不噁心，因為過去我就有曾替家裡人收拾殘局的經驗。例如我的大伯與二伯，他們兩人都是在獨居公寓內死後一、兩週才被人發現；又如我的叔叔，我也跟著當時的警方團隊沿路用小小的金屬鑷子將他的碎片夾進塑膠袋裡以供拼湊與鑑識；至於我母親酒駕喪命的那輛車，同樣仍是我親手用牙刷一點一滴地靠著耐心刮除了擋風玻璃上的毛髮、噴濺在儀表板上的腦組織、卡在冷氣出風口的斷齒以及沾滿脫糞與尿液的皮革座椅。

正由於現場各種難聞的氣味混雜，密醫急診大廳的排風系統必須一直維持著高功率運轉的模式來強制換氣，因此無論當前室外幾度，在我值班期間的十二小時裡，我都必須穿著統一發放的禦寒大衣。

如果要說這份工作讓我學到了什麼，我猜最主要的是兩件事：

一、無論一個人的傷勢有多嚴重，「看起來死定了」和「確定死亡」是兩碼子的事，尤其人體總存在著莫非定律，我曾看過頸部插著水果刀、胸口被鋼條貫穿、背後卡著一組避震器、頭骨遭子彈擊碎而導致大腦外露等各類重傷患者獨自壓著傷口走進那扇大門，並且在保持意識清醒的前提之下冷靜地向我登記入院資訊。

二、難免有些人熬不過手術，於是值班的保全便有義務定期將那些死者寄放的武器透過跟院方有合作關係的當鋪處理掉，拜這樣的機會所賜，我在無形中背下了各款槍枝的型號、口徑還有生產商。直到後來，我甚至僅需看過一眼就能辨識出它們在哪些零組件上又經歷過客製化的改造，「燒烙紋」、「攻擊頭」、「浮動槍管」、「垂直扳機」、「加大型填彈井」……過去我聽都沒聽過的字眼，如今我對它們的熟悉程度竟有如覆誦元素週期表，同樣地，我也學會了如何拆解、保養以及使用這些槍枝的方法。根據當鋪老闆透露：這些二手長、短槍枝最大的客戶其實是警方，因為他們時常需要備妥充分的證物來讓某些案情的進展能夠順利一點。

非常有趣……

如果說擔任密醫急診大廳的保全是在見證人命徘徊於生死之間，那麼敏敏替我安排的下一份工作就是讓我與徹底安息的人們長期共處在一起。歷經五個月後，我成為了「麥特．勞倫斯」，一個無論上班還是住宿都在同一個地點的公墓守夜人。

每天值班十四個小時，每兩個小時就必須騎著自行車出去巡邏一趟，而每一趟大約耗時三十五分鐘。

我從來都不是個對特定宗教抱持虔誠信仰的人，而且，我這輩子也沒遭遇過任何超自然的現象，因此就算面對佔地面積偌大的墓園，我的心裡也沒任何特殊的忌諱，除了下雨時會讓巡視變得有些不便，但在大部分的夜晚，這裡寂靜到連蟲鳴聲都聽不到，外加公墓的地理位置遠離市中心，少了人造的光害，星空看起來更加透徹，每趟騎行其實非常輕鬆……

然而，這畢竟是一份工作，自然就有不得不特別注意的地方，通常是在午夜過後，一些流浪漢或者毒蟲就會帶著他們的工具進到墓園裡試圖搞破壞，無論是欄杆、電纜或者是水溝蓋，這些能夠被拿去換錢的東西他們一概不會放過，尤其當毒癮發作到最嚴重時，那些毒蟲會完全失去理智，嘴裡含著手電筒，妄想徒手就能挖開草皮、直接扳開棺材盜走死者身上的珠寶、戒指、項鍊、袖釦等等。儘管園區駐留所的公告上有明文允許守夜人在遇上非常情況時得以使用電擊槍制伏入侵者，但事實上，通常只要我將強力探照燈指向他們，這些人就會像是野生動物一樣倏忽逃竄。

真正煩人的是那些前來舉辦降靈儀式的小團體、認為在別人的墳上做愛更有情趣的情侶，以及假裝只有自己一人在墓園中探險的直播主，他們往往自稱是「靈異獵人」，但實際上在現場早已佈置好了各種道具，並找來了自己的朋友當作暗樁，每一次刻意發出的噪音、每一個消失在轉角的黑影，嚴格說來全都不過是一場被安排好的實境秀，偶爾他們會在劇本上設計一些更為激烈的劇情，例如誤闖薩滿（Shamanism）儀式的禁地，結果遭到巫師的追殺，其後，這些靈異獵人就會一邊在尖叫中逃亡，一邊對著自己手持的攝影機鏡頭呼籲觀眾記得訂閱自己的頻道、開啟更新通知、按下「喜歡該影片」的按鈕，同時，他們也不忘提及自己的某個 VPN 贊助商、歡迎觀眾捐獻並在留言區分享自己的看法……

一般而言，只要他們沒對園區造成什麼破壞，我大多只會待在遠處冷眼旁觀，否則若要對付他們的話，不發一語地從暗處走向他們就是嚇跑所有人最簡單的辦法。即便他們的團隊中還有人企圖留下來挑釁我，一發電擊槍加上一通報警電話，這就足以讓他們的頻道停更好幾個禮拜。

撇除掉這些不愉快的例子，在深夜巡邏中，我還有過其他意外的遭遇，例如連續分享了一個禮拜的起司漢堡之後，我成功馴化了一隻郊狼，將牠變成了我的朋友；我也曾遇過一個家庭關係破裂、職場壓力過大，只能在墓園裡崩潰痛哭的陌生男子；還有最特別的一位女士，無論風雨冷暖，她總是在每天的凌晨三點半準時出現在墓園裡散步，而且她的打扮永遠都是一襲全白的洋裝搭配硬挺的大緣帽。她的步伐緩慢而優雅，同時另一手還會拉著一條牽繩，然而繩子的另一端並不是一隻任何人就直覺上理所應當都會以為的家犬，而是一顆美容學校在進行妝髮練習時會使用到的塑膠人頭，那顆人頭經年累月，已不知被她在地上磕磕碰碰拖行過上百公里，以至於整顆頭破破爛爛的，老早沒有多少殘餘的毛髮還留在上面，臉部也是充滿了汙漬、刮痕、坑洞與毛邊。

但她總是很有禮貌，在我騎車行經她之前，她就會捏著帽緣對我致意，我也會提手抵在眉角、做出一個彷彿是在回禮的簡單動作。

現在回想起來，一直到我離職前，我似乎從來不曾見過她遮掩於帽簷下的全貌。

洛伊，我幫你找好新的住處了，還記得那些需要清理服務的客戶嗎？下禮拜其中一人就需要你。

敏敏突然發來的短信這麼宣告著。

歷經三份不同的工作之後，我猜這長達一年的試用期算是結束了，我的人生即將又正式走向截然不同的另一章。

隨後敏敏又追加了一則補充的訊息：

對了，洛伊，你最好準備一下你的護照。

第三章

進入清掃行業的第一份工作就是一個大案子，該名客戶住在山稜區的一處獨棟別墅裡，會在這裡置產的通常都是科技新貴或者影視名人的專屬渡假屋。敏敏告訴我，根據她的評估，這次的工作可能會需要一個禮拜才能夠搞定，每天當我完成到一個階段時就傳訊息給她，她會另外再派回收用的貨櫃車去把廢棄品成批載走。

不過，有件事情她卻一反常態地沒事先給我任何通知，因此我不得不主動傳短訊詢問她：

R：不好意思，我想跟妳確認一下：妳這次並沒有交代我該使用什麼假名，這是代表我自行判斷即可？

M：不，如果業主問起，你直接回答真名就行。

R：這不會有安全上的顧慮？

M：不用擔心，那些客户絕對不可能有走漏資訊的風險。

好吧，既然敏敏這麼保證。

雖然即將開始大掃除的工作，但老實說我並不知道該穿什麼樣的衣服才適合，我看了一下我的行李箱，於是我再次翻出了以往入睡之前都會穿上的西裝以及透明防塵衣，並在五金零售店裡購買了口罩、防滑手套以及拋棄式的鞋套。

開工的一早，我騎著共享單車一路來到地址上的別墅，按下門鈴，前來開門的是一位身形高瘦的男性，他看起來年紀與我差不多，可是臉上卻有茂密的蓄鬚。

「你好，我的名字是『洛伊』，我是接到仲介安排來幫忙清理房屋的。」

「沒錯，委託人就是我，你可以叫我『戴爾』就行了。」與我握手之後，戴爾擺手邀我進門，見到我完善的清潔服，戴爾又看看自己還穿著家居風格的亞麻衣，他說：「可以給我十分鐘的時間嗎？我想我也應該換上方便工作的服裝。」

「好的，請便。」

趁著戴爾走向二樓的寢室之際，我仔細環顧了一下一樓的環境，其實他自己已經先行做過簡單的分類，至少，他提前將客廳裡還要保留的大型傢具都先蓋上了白布，並自行準備好了緩衝泡棉、氣泡紙以及膠帶。在客廳中，我注意到了一組裝置藝術，那是一座由無數冰棒棍沾黏而成的複刻版《地獄之門》（La Porte de l'Enfer），只不過沉思者（Le Penseur）所座落的位置替換成了一組類似波士頓動力公司（Boston Dynamics）研發的亞特拉斯（Atlas）機器人。

戴爾下樓了，他這次換上了T恤、牛仔褲、運動鞋、滑雪手套，並帶來了兩條毛巾，他將其中一條交給我：「請用，我想說過程中應該會流很多汗。」

「謝謝。」於是我將那條毛巾繫在了頭上，將我的頭髮完全包覆起來。

戴爾學著我也將毛巾在自己的頭上紮緊，接著他問：「好的，那麼你建議從何開始呢？」

「我從房子的外觀看見這裡有閣樓，所以我猜那裡就是儲藏室，對吧？」

戴爾：「沒錯。」

「那麼我們應該從那裡開始，由上而下，這樣對於我們的體力來講最有效率。」然後我又指向前院：「搬出來的東西可以先擺在大門口嗎？」

戴爾：「沒問題。」

「好的，那麼我們可以開始了。」

跟隨著戴爾，我們前往他位於閣樓的儲藏室，這裡囤積了不少過期的雜誌、DVD、環遊世界的紀念品、水電修繕的工具與替換零件、老舊的青銅立燈、節日裝飾品、層板早已承受不住書籍重量而彎曲的幾座書櫃……以及成套的室外乘涼組。

乘涼組……巨大的手搖遮陽傘以及折疊餐桌和涼椅，販賣你一個在自己院子就能愜意舉辦燒烤派對的幻想，我從來沒有想過真的有人會買這種東西。

我先是將書櫃上的書全部取下，這讓戴爾以為我想先從那些書動手，於是他抱起一疊書就準備往樓下走，而我則趕緊即時建議他：

「抱歉，戴爾，我沒有先告知你……其實我們應該從重物開始，所以我是打算先把書移除，這樣我們才能一起把這書櫃給搬下去。」

「有道理。」戴爾點點頭，旋即把書給放下，他追加確認：「由上而下，由重到輕，對吧？」

「沒錯。」我說：「同時，永遠都要確保搬運通道暢通。」

戴爾：「明白。那麼……我們繼續吧。」

在通力合作之下，我們只花了一個上午就順利清空了整座閣樓，原本進度還可以更快，只不過戴爾的家中沒有多餘的紙箱與包裝繩，因此在中午休息期間，我傳了訊息給敏敏，希望她可以提前兩小時指派貨櫃車過來，並替我們準備好方便搬運的包材與道具。

遂而在下午期間，我們暫時將我們能做的都先準備好，例如替電漿電視與曲面螢幕做好防撞措施、將地毯捲捆成束、用膠帶與氣泡紙將廚房的所有杯盤與刀具都固定好……以免下場如機場那些貼有「易碎品」或「此面向上」的託運品。

等到貨櫃車抵達，我們依序將那些大型家具搬上升降後斗，這個過程讓我聯想起在機場擔任丟手的經驗。過程中，戴爾氣喘吁吁，看得出來他平時並不習慣這類粗重的體力活，因此我提議他可以先回屋裡將一些輕型物品封箱就好，剩下的我可以單獨一人使用手推車解決。

戴爾不好意思地答應了我的提議，其實這並沒有什麼好難為情的，畢竟那本來就是我的工作，而且這樣的分工作業還能加快我們清理的速度。

貨櫃車離開後，我們洗刷了閣樓、將厚厚的積塵清掃乾淨，至此，今天的進度總算告一段落，我也準備告辭，可是戴爾將我留了下來，他從冰箱裡取出可樂，與我直接在坐在廚房的地板上喝了起來。戴爾：

「不好意思，我沒有啤酒。」

「沒關係，我們兩個都需要補充一點糖分。」

戴爾：「所以如果可以的話，我想要等到最後一天才處理掉冰箱，這樣接下來幾天我們就能都有冰可樂可以喝。可以嗎？」

「沒問題。」

戴爾：「對了，還有一樣東西比較特別，我不知道能不能也託你幫我處理。」

「是什麼？」

「等我一下。」說完，戴爾拎著可樂瓶離開廚房，等他再回來時，他的懷中抱著一組木盒：「就是這東西。」

我起身接過木盒，掀開它的蓋子，原來裡頭是一把M1911手槍，並附上了七發子彈。

戴爾：「這是我祖父在參加韓戰時用過的，可是年代已經非常久遠，當時他可能也沒有向官方登記。」

「我可以取出來檢查看看嗎？」

戴爾：「請。」

於是我將木盒擺在流理台上，並從盒中取出那把M1911，退出彈匣、後拉滑套、確認膛內並無子彈後，我壓下釋放鈕讓滑套歸位，讓擊墜固定於待發位置，不過我一眼就看出端倪：

「M1911，保存狀態非常好。不過這是一把紀念用的禮槍，撞針已經被移除了，而且……」我對槍身進行簡易的大部拆解，隨後將槍管交給戴爾：「槍口已用鉛堵住，除非更換零件，否則它完全沒有再擊發的可能。」

戴爾舉起槍管對著天花板上的燈泡直視：「嗯……你說得對，它完全不透光。」

「所以這是一把非常安全的槍，想要脫手的話，沒問題，我可以幫你處理。」事實上，我處理過更多能夠發射實彈、取過別人性命的各類長、短槍枝。

戴爾將槍管交還給我，好讓我把全槍給組裝回去，隨後他又指著盒子問：「但這些隨附的子彈呢？它們還能用嗎？」

「這個我不太清楚，不過我知道可以去哪裡鑑定。」稍微停頓了片刻，我才意識到這其實並不重要：「但無論如何，你已經不需知道結果，對吧？」

戴爾：「這倒是。」

「嗯，」將槍置回原位，關上盒子：「總之，我會搞定。」

「好的，那就麻煩你了，謝謝。」戴爾將可樂一飲而盡。

離開戴爾的別墅，我在市中心轉搭公車來到了許久未曾踏入的當鋪，老闆依舊叫著我的假名，在說明狀況之後，他評估這把禮槍的價格並不會太高，還不如裝上二手的撞針與槍管，他手邊就有這些多餘的料件，基於和我許久未見，他甚至可以幫我免費將槍調整到可以正常發射的程度，並贈送我一組腰掛的硬殼槍套。

於是，那天晚上我便帶著一把滿膛的 M1911 回家。

隔天的同一時間，我又前往戴爾家報到，有了先日的經驗，戴爾配合的效率提高了不少，因此我僅用一天就清除了他的書房、客房與車庫。

第三天，我們清除了他的主臥、廚房、客廳和地下室。

總算，除了冰箱之外，他的別墅裡僅剩下了一組登山用的大背包，看來，這份清掃工作實際上用不了一個禮拜……我本來是這麼想的，而就在我們用他家的壁爐焚燒那座《地獄之門》時，戴爾才一邊盯著火焰，一邊對著我說：

「終於到了這最後階段了，我打從中學時代就一直計劃著這一刻，整整二十年。」

「你覺得輕鬆多了嗎？」

「嗯哼……可以這麼說。」戴爾：「最難熬的部分是那長達二十年的心理準備，當然，也包括了合適的命運與機會。但實際執行之後，沒想到這一切也不過是一個禮拜內就能解決的事情。」

「還有那座冰箱。」

「對，還有那冰箱，到時候就交給你了。」戴爾莞爾一笑，話鋒一轉，他詢問著：「清潔仲介告訴我：你已經申請好了護照，對吧？」

「對。」

戴爾：「那麼，明晚我們就約九點整在國際機場的第一航廈碰面，好嗎？」

「好。」儘管我這麼回答，但我完全不明白戴爾是什麼意思。

「那就好。那麼剩下的部分我可以自己燒完，今天你可以先回去好好休息。」

「嗯，晚安。」

「晚安，洛伊。」

當晚回到住所盥洗完後，我前往二十四小時營業的自助式洗衣店裡清洗我的廉價西裝，在我熨燙襯衫時，我不禁猜想著明天的工作會是什麼，倒也不是真的一點頭緒也沒有，護照、國際機場，這無非是要我陪同戴爾出國一趟，早先敏敏就已經告知我要做好準備，所以最後一個步驟很有可能就是將戴爾運送到海外的某處。

「證人保護計畫」？我再度回憶起敏敏談過的內容。

隔夜，我搭乘著快速列車前往機場與戴爾會合，沿途的場景看起來真是眼熟。總之，我順利和戴爾會合了，與先前的打扮不同，他同樣穿起了黑白西裝，若不是他還揹著登山背包，否則我倆站在一起看起來就好像隸屬同一家公司的會計師一樣。

直到接洽櫃檯交出護照之後，我才知道我們兩人的目的地竟然是冰島，而且搭乘的艙等是擁有空中包廂的頭等艙，因此除了過海關之外，我們一路上都與排隊絕緣，我們有專用的休息室、專用的淋浴間、專用的自助用餐區、專用的酒吧、專用的登機通道……甚至進到了機上的艙房，我們也有私人專屬的空服員。

這個能夠讓人完全躺平的包廂讓我聯想起青年旅館的隔艙，只不過各類電子設施還更多，當中包含了抗噪耳機、按摩椅、無線網路、多國插座、小冰箱、大尺寸的個人電視、提出各項服務的平板電腦以及內線電話。等到飛機起飛、進入平流層之後，戴爾撥打了內線電話給我：

「我們大概需要十多個小時的飛行時間，如果你想好好睡一下的話，其中一個秘訣就是到淋浴間洗個熱水澡。」

「謝謝。也許等一下我就會預約使用，只不過，我有慣性的失眠。」

戴爾：「你需要助眠劑嗎？」

「頭等艙會提供助眠劑？」

戴爾：「不，他們頂多只會提供酒精飲料，我的助眠劑是自己帶的，我有醫師的處方箋，如果你想試試看的話。」

「好啊。」

掛上電話，不一會兒戴爾就出現在我的包廂外，我原以為助眠劑只是單獨一顆藥丸，沒想到完整的內容還另外包含一顆鎮定劑、一顆導睡片、兩顆多巴胺、四顆肌肉放鬆錠以及兩顆軟便劑，因為這類助眠藥物的副作用就是容易使人脫水。

「這些藥的種類跟數量比我想像的還多。」

戴爾微笑：「我看起來就像你的藥頭，對吧？」

「我看過真正的藥頭，放心，你跟他們長得一點也不像。」

「是嗎？」戴爾改而蹲在我的座位邊，他壓低音量詢問道：「我知道我不應該過問，不過……在我之前，你有過幾次這種客戶的經驗呢？」

「坦白說，你是我的第一個。」

戴爾挑起眉毛點點頭，他的表情在意外中又夾帶了一絲欽佩：「哇……我得說這很出乎我的意料，因為你看起來很專業……當然，你是專業的，我的意思是：你給我的感覺好像對這一切都已經很熟練，你的指示很精確，做事態度非常俐落，而且你從不多問我其他的問題，這點對我來說相當重要，它會讓我比較不容易感到緊張或焦慮，特別是你總表現得從容又冷靜。也許你天生就適合做這一份工作？希望你別誤會，我是讚美的意思。」

「謝謝。」

「好了，」揉揉鼻子，戴爾再度起身：「不打擾你休息，我們降落時再碰面。」

於是我遵從戴爾的建議，在機上洗過熱水澡之後又服下那些助眠劑，並且戴上了主動降噪耳機和眼罩，接著，這麼多年以來第一次，那些在我獨處時總會於我腦中響起的交談聲消失了，我也在一片寧靜中睡得無比安好。

那是我睡過最沉的六個小時，其後，我吃了一餐牛排、一餐日式料理，並在幾道甜品與調酒中，伴隨著幾部電影完成剩餘的航程。

我們中途在荷蘭的阿姆斯特丹等待轉機，之後才改乘冰島航空抵達凱夫拉維克國際機場。在那裡，我以我的證件租了一輛四輪傳動的休旅車，不過實際上駕駛的人仍是戴爾，他在導航系統上設定了赫倫哈布納角（Hraunhafnartangi），加完油之後，我倆就旋即出發。

在這永夜的季節，路程上其實沒有什麼可看的自然風光，到處都是積雪，頂多就是雲層散去時偶爾露出的極光。我們在中途的一處休息站加了油、買了一些方便帶在車上吃的點心和飲用水，經過將近九小時的路程之後，我們終於抵達了戴爾設定好的目的地，那是一座位於海岸邊的燈塔。

「就是這裡了。」戴爾將車子熄火，經過一小段的沉默之後，他掏出身上的皮夾與護照交給我，並轉過身去將背包內的助眠藥和一只玻璃瓶抽出來。他向我交代著：「洛伊，很高興認識你，雖然這聽起來過於客套又一廂情願，不過，你是我認識過最好的朋友，也是我最後一個認識的朋友，謝謝你陪我一路走到了最後。」

「我也很高興認識你。」

戴爾將一份助眠藥遞給我：「我只有個最後的請求：在我下車之後，請你繼續在這裡待上幾個小時，這些藥可以幫你好好睡上一覺，背包我也留給你，裡面有整套滑雪用的抗寒衣物。等到你醒來之後，麻煩你走到海峽邊確認我的狀態，之後你的工作就算完全結束了。」

「好的。」

深吸一口氣，戴爾對著我擠出一絲笑容：「那麼，晚點見。」

「晚點見。」

之後戴爾拿好了他的助眠藥、玻璃瓶以及礦泉水，獨自一人下車，逕直朝著燈塔的方向走去。留在車上的我開始感到寒冷，遂而我按照戴爾的指示，從他遺留的背包裡取出抗寒衣披上，同時，我也將椅背放平，在開啟一罐瓶裝水搭配助眠藥服下後，我便靜靜躺下，等待著藥效發揮的睡意再次將我擁抱……

不知過了多久我才正式甦醒，再次睜眼時，我只見自己的每口喘息都呼出了霧氣，全身僵硬的我急需下車活動手腳，於是我挪到駕駛座上發動引擎暖車，接著走出車外將擋風玻璃上的積雪主動用手撥除。

我還記得戴爾最後的囑咐，因此我走向燈塔，不出一段距離，我遂在雪地中發現已經沒了呼吸的他。戴爾的全身僵硬，但表情安寧，懷中還抱著他早先帶下車的玻璃瓶，我仔細用手機上的微弱探照燈查看，發現原來那是一樽瓶中信，照理說我不應該這麼做，但不知是出於什麼原因，我旋開了蓋子、將瓶中的信紙倒出來閱讀著，上面寫道：

陌生人：

您好，當你發現這封信時，我已經死亡一陣子了，如果我的死狀嚇到了你，那真是不好意思。

我的死亡是出於自願，與他殺無關，因為我已經被憂鬱症困擾多年，所以我選擇在此地長眠。

如果你需要通報警方，請不必將我的遺體運送回國，因為我已經沒有任何的親友，也沒有能再回去的歸處；我願意接受貴國處理無名屍的任何處置辦法。

如此打擾，我由衷深感抱歉。

以上　絕筆

原來這就是整份清潔顧問委託的全貌。

將戴爾的遺書妥善歸位之後，我回頭坐上休旅車的駕駛座，重新設定好回返國際機場的路線，接下來，我要回家了。

敏敏說得沒錯，這份工作的確需要一個禮拜的時間。而且嚴格說來，我還有戴爾的冰箱必須處理，然而就在我對冰箱做最後的內部檢查時，我發現了戴爾還用一瓶可樂壓著一張紙條，上面寫著說：

洛伊：

這是最後一罐留到工作完才喝的可樂。

我很滿意你的服務，所以我繞過仲介，在冷凍庫裡留了一份小費，那是我私人對你陪我走完人生最後幾個小時的答謝。

戴爾

好的，貨櫃車載走了最後的冰箱，而我又多了一組塞滿現金的手提袋，因此按照過往的習慣，我留下了百分之二十，剩餘的則一樣匿名投遞在城裡各處的流浪狗中途之家。

敏敏告訴我：下一個委託大概會是兩個禮拜之後，在此期間，她要我保持運動、正常吃飯。沒問題，我會照做。

我恢復了在深夜長跑的習慣，而就在今晚我出門之際，我注意到了隔壁的住戶堆滿了搬家用的紙箱，看來有人正要搬遷入住，只不過目前已經是半夜，會選在這種時間搬家的住戶，也許我應該多加留意？

才剛這麼想，在我準備離開公寓的時候，我就看見一個女人正拖著兩大組行李箱離開計程車，肩上還掛著一組攝影包，她拿出門禁卡刷著大門外的感應器，但任憑她刷過好幾次，門上的電子鎖依然無法開啟，於是我幫了她一個忙：除了將大門打開之外，我還撐著門擋讓她得以將兩組行李箱依序推進室內。

「謝謝。」她說。

然而我有預感，她的問題還不只於此，果然在她進入電梯之後，她的門禁卡依然沒有辦法選擇要去的樓層，於是我回頭走向電梯，簡單詢問著：

「妳要去幾樓？」

「十四樓。」

「好的。」真巧，跟我同一樓，那麼沒意外的話，她就是我隔壁的新鄰居了。

送她上樓之後，我也展開了十公里的慢跑，過程大約需要一個小時，在這寒冷的天氣裡，只要我稍加停下，我都能看見身體散熱時所冒出的白煙。回到公寓中，滿身是汗的我準備趕緊洗澡，並將換下的衣服送往自助洗衣店，然後在附近的二十四小時咖啡廳處理我的晚餐。結果……我看見剛才的那名女性就坐在那些堆積於走廊間的紙箱上，連同她的兩組行李箱一起，顯然就算過了一個多小時，她都還是一樣沒法順利進入自己的家中。

她看見我，只是尷尬地苦笑點頭，我也揮手禮貌回應。

進入房內，洗完澡，換上乾淨的衣服之後，我拎著洗衣袋就要出門，通常，我並不會多管閒事，不過看見隔壁的那名女子似乎還進不了自己的家中，因此明明已經走到電梯旁的我，在最後一刻還是決定回頭。

「晚安。」我問：「所以，妳發生什麼事？」

扶著前額，她疲憊又煩躁地回答：「全是我自己的問題，我才剛從海外搬回來，忘記了有日期上的誤差，所以房東給我的門卡權限是要到明天正午十二點才會生效。很荒謬吧？居然會犯這種低級的錯誤。」

「嗯……那麼妳打算怎麼過夜？」

「我不知道，我剛剛用手機查遍了附近的旅館，結果幾乎都全數客滿了，」她聳了一下肩：「現在我又餓又累，而且還想上廁所，可是如果我現在就離開大樓找間速食店待著的話，我就再也回不來了，而且我還得帶著這兩個行李箱隨行。」

「好吧……」我提議道：「如果妳不介意的話，妳可以先把妳的行李放在我公寓的玄關，同時妳也可以先使用裡頭的廁所。等一下我打算去送洗衣服，並在附近的咖啡廳吃晚餐，如果妳想跟來的話，那麼妳也不用擔心回程進不了大門跟電梯。」

「喔！」訝異之餘，她露出一掃霾態的微笑，一鼓作氣地從紙箱上坐立起來：「聽起來不錯，謝謝。」

「雖然我也有可能是個連續殺人狂之類的。」她果斷的反應有些出乎意料，所以我這麼提醒她。

「就算你是的話，我也需要盡快使用那廁所。」

「好的。」我打開我的房門：「妳應該很急，行李交給我就可以了。」

「那就不好意思，打擾了。」

當她進門之後，我也如約將她的行李箱推進我的公寓內，之後為了不想讓她感到不自在，我獨自留在走廊上等她。

不出多久，她便走了出來：「再次感謝。接下來你說附近有咖啡廳？」

「二十四小時的，而且提供簡餐，不過我得先去自助洗衣店一趟。」

「沒問題。」

在我的帶路下，我們行走在空無一人的街道上，途中在洗衣店設定好所有的清洗程序之後，下一站就是前往咖啡廳，推開玻璃門，她搓揉著雙手，感受著室內的暖氣，在座位上用平板電腦完成點餐後，她沉沉吁嘆了一口氣：

「呼……得救了。為了感謝你，這餐請務必讓我請。」

「妳一直向我道謝，我很少遇到像妳這麼有禮貌的人。」雖然我平時也沒太多與人交流的機會。

「也許是習慣了吧，而且你就住在我的隔壁，因此我覺得有必要與鄰居建立友好的關係。」

「我該如何稱呼妳？」

「啊，真是失禮，」她低下頭來、慎重自我介紹：「我叫『高橋涼』，『涼』的部分是名字。」

「嗯，我知道日文的命名規則。」

高橋是一個年約三十歲上下的亞裔女性，她有一頭又黑又直的長髮，雖然穿著白色襯衫、黑色西裝褲與皮鞋，不過她卻套著一件富有年代感的棕色皮衣。

高橋：「那麼你的名字呢？」

「叫我『洛伊』就可以了。」

高橋：「很高興認識你，洛伊。」

「こちらこそ（我也是）。」

高橋再度微笑：「哈……你會講日文。」

「只能算懂一點點而已，我曾經看過很多日本動漫。」

高橋：「感覺遇到你真是幸運，你住在我新房子的隔壁、會講一點點日文，又在三更半夜的時候出門，這是你正常的作息嗎？」

「我有長期睡眠障礙的問題。」

高橋：「你是個作家？」

「不，我是個清潔顧問。」

高橋：「『顧問』是指什麼意思？」

「我負責告訴客戶哪些東西他們需要留著，哪些則需要扔掉，當然，為了幫他們下定決心，我也會動手幫忙。」

高橋：「看來我很需要聘用你擔任我的顧問，畢竟，你也看到了，我的門外有一大堆東西。如果有你在的話，我就可以省下一筆不小的跨國搬家費用。」

「妳說妳是從海外搬回來，所以妳之前住在哪裡？」

「這個嘛……」高橋抿起嘴：「我的職業是駐外記者，然後我又會說日文，所以結果應該不難推測，我主要是待在東京。」同時，她也用手比劃著自己的臉、順帶強調她的亞裔外表。

服務生將我們所點的菜單一次上齊了。高橋率先喝了一口熱可可，接著用雙掌捧住杯子來暖暖手，她問：

「我們剛剛聊到哪裡？」

「東京，妳是個駐外記者。」

「對，」高橋：「原本他們承諾我頂多只會派駐四年，然而四年之後又四年，兩輪週期過去，新任主管在交接時也忘記了我的存在，因此等到第十年之後，我就幾乎已經放棄會再被調回本土的想法。結果誰想得到，就在今年第二季，公司內部宣佈人事異動，於是……嗯哼，我人就在這裡了。」

「升遷還是資遣？」

「辭職。」高橋舉杯做了一個致敬的動作。

「那麼妳是感到怨恨還是解脫？」

「都有吧。」她把鮮奶油與楓糖漿全部抹在她的鬆餅上：「沒有人會真的百分之百喜歡他們的工作，即使一剛開始是出於高度的熱情或興趣都一樣，一旦時間久了，僵化的體制與冰冷的商業獲利模式都會把一切消耗殆盡。」吃了一口鬆餅，高橋對我說：「抱歉，我不是故意那麼負面，我已經盡量在說服自己一切都不算太糟，這並不是失業，而是一段渡假，我只是身處於銜接下一份工作之間的空窗期。」

我也跟著用叉子捲起了我的義大利麵：「我可以明白，我也曾經待業過。」

「是嗎？前輩。」高橋微笑：「如果你不介意我多問的話，你曾經待業過多久？你的上一份工作是什麼？」

「我大學畢業後的第一份工作是在廣告公司上班，後來發生了一些事情，所以我幾乎停滯了快三年。」

高橋疑惑地皺起眉頭：「哇嗚……你有那麼多的存款嗎？」

「一開始並沒有，所以我把家裡能夠賣的都賣掉了，那段日子我都是在青年旅舍寄宿。」

高橋：「那麼你的家人呢？他們沒有任何意見？沒有對你提供任何協助？」

「我沒有任何的家人。」

高橋：「喔……」

我聽得出她語氣裡真心的遺憾與歉意，不過我擺擺手：「沒關係，我自己並沒有特殊的感覺，這種事情或早或晚都會發生在大部分人的身上。但，幸好我認識了一個會幫我安排各種工作的仲介，她就像我的經紀人一樣。」

高橋：「聽起來你還有過更多的經歷？」

「是有一些。」

高橋：「那為什麼最後選擇了清潔顧問？」

「我不確定，其實起因是經紀人說我的人格特質很適合這工作，所以倒不如說是這工作選上了我。」

高橋：「她有具體告訴過你是什麼樣的人格特質嗎？」

「她的確提過，不過是用一種很形而上的方式，如果依據我的理解來翻譯的話……」我搓揉著下巴：「大概就是：我不過問我不需要知道的事，我只把一切的疑問跟解讀全都放在心中。」

高橋：「一個看破卻又不說破的人。」

「可以這麼形容吧，我猜。」

高橋：「嗯，顯然我就很難像你一樣成為一名清潔顧問，畢竟記者就是不斷挖掘跟公開問題。」

「然而那對妳而言已經是過去式。」

「是啊……無奈舊習難改，或許我還得花上很長一段時間才能調整。」她苦笑著：「包括像現在，我都覺得自己好像是在採訪你。」

「我有被報導的價值嗎？」

「每個人都可以是一則故事。不過，既然我已不再是個記者，」提起手指，高橋偏著頭：「我想我是在用認識新朋友的角度想要多瞭解你。」

「『新朋友』……」

「怎麼了嗎？」

「沒事。」

對，沒事，我只是已不曉得有多久沒有再進行正常的社交，這幾年來我幾乎沒有主動拓展人際圈，因為對我而言，那並不是生活必需品。

在咖啡廳用完簡餐之後，我們回到洗衣店取回我烘乾的衣服，接著循原路回到公寓，我打開自家的房門準備取出高橋早先寄放的行李，而這時，獨自留在走廊上的高橋則開始挪動那些紙箱，觀察了一眼，我不經意開口問道：

「妳是打算在門口堆起一個小型的碉堡嗎？」

高橋：「計畫是這樣沒錯。」

「好吧。」

回到我的住宅裡，將烘乾的衣服摺好，把浴室內的盥洗用品收入夾鏈袋，接著，我拉上行李箱的拉鍊、揹起電腦包，全程只花了不到十分鐘，因為我思考了一下：我不想讓高橋在走廊上過夜。

我走出房門，對著還在用紙箱搭建小屋的高橋說：「我有個提議：今晚妳就在我家過夜吧。為了不讓妳感到不安全，我會自己另外找地方待著。」

「非常謝謝你的好意，可是我想我今晚打擾你的地方已經夠多了。」她一面朝我鞠躬，一面以婉轉的語氣拒絕說。

「但我已經將我的所有行李打包好了。」

「什麼？」

我緩緩將前門推開，並擺手示意高橋進來看一看，她雖仍有些猶豫，然而躊躇再三後，她終究還是跟著我進門，開啟主燈，她環顧了四周：

「哇……我剛剛只借用了廁所，完全沒有仔細看：你的房子裡……什麼都沒有。」

「對，所以我才會打包得那麼快。」

她看見我擺在玄關的行李箱與背包：「那就是你全部的家當？」

「沒錯。」

高橋：「你把工作上的哲學在自己的生活裡實踐得很徹底，你沒有電視、沒有沙發、沒有冰箱、沒有微波爐……」

「嗯，」我順道補充著：「而且我臥室的床鋪上也沒有枕頭跟棉被，因為我有失眠，所以我幾乎很少在床上躺過，但至少室內有隨公寓內建的暖氣，總比妳睡在走廊上好。」

高橋：「那麼你呢？你要待去哪裡？」

「這點妳不用擔心，我的經紀人會幫我安排，她也是一個幾乎不睡覺的人。」

「原來如此……」

看來高橋的意願有些動搖了，我進一步詢問她：「在妳的那兩大行李箱內有攜帶簡便的旅行包、吹風機跟換洗衣物，對吧？」

高橋：「嗯，有的。」

「好的，那就不成問題了。」拿好我自己的東西，我轉身就要出門。

高橋追到門口呼叫我：「嘿，等一下。」

「怎麼了？」

高橋：「謝謝。」

「小事，別在意。」

高橋：「我是指今天晚上所有的一切，真的，謝謝。」

「早點休息吧。晚安。」

高橋：「晚安。」

等我走到電梯之際，我看見她已將自己的行李箱推進屋內，不過她仍站在門口目送著我；我揮揮手，要她趕緊進去、不必顧慮，可是她卻十分堅持，直到電梯閘門完全關閉她都還站在那裡。

現在，我一個人站在社區大門外，而我也不想要因為這麼小的突發事件麻煩敏敏，因此我轉而前往單次付費無人健身房，等到天亮之後，我又移至市立圖書館，雖然她說門禁卡在中午十二點生效，但為免過早回去讓高橋感到壓力，所以，我待到了下午四點過後才正式返回公寓，而到了那時，走廊上的紙箱已經清空，看來她已經順利搬遷入住了。

戴爾與高橋……他們的情況是截然相反的兩種極端。

第四章

不是每件委託案都會涉及死亡，有些客戶只是想要翻修家裡一部分的空間再重新利用，例如車庫、地下室或者是衣帽間；有些則是欠款時間超過期限，不得不一口氣清空的出租倉庫或小型辦公室；又有的人則是因為患有嚴重的囤物症，以至於在親友或社區委員會的強制介入下提出清潔的委託。

面對這些案子，敏敏都會事前通知我，於是我也漸漸從每次的經驗當中發展出一套作業流程：首先我會先到現場進行評估，然後告知敏敏我需要哪些工具的輔助，「清空」與「清潔」是兩回事，前者依靠的是物理手段，後者則往往仰賴豐富的化學知識，它們有各式各樣的排列組合，油漆、水垢、鏽斑、黴根、殘膠、焦油、血漬、精液……它們分佈在磁磚、木板、地毯、床單、壁紙、水泥、鐵柱、鋼樑等地方，為了充實自己在專業上的必要資訊，我時常在網路上瀏覽相關的影片，從最簡單的居家清潔，到最複雜的命案現場善後，乃至如果有必要的話，給予我適當的器材與充足的時間，我也能使用噴砂或電解去修復殘敗的傢俱。

說回敏敏會事前通知我的原因，那是因為我跟她反映過：假使日後該名客戶還有再見到我的可能，那麼我希望我能夠使用假名，純粹是希望能夠保留一點隱私與安全感；因此在使用不同的名字上工時，我就會扮演成不同個性的角色。

一連數週我接到的都是普通的案子，這並不代表我非常期待特殊委託的到來，但畢竟……那樣的案子才是敏敏希望跟我合作的原因，可不是？否則尋常的清潔——沒有貶低的意思——其實任何人都能做到。

然而我卻沒意料到當中也存在著像「警報甜心」這樣模稜兩可的案子。

那當然不是她的真名，但為了尊重個人的隱私權，我還是這樣稱呼她吧。也許已經有不少人光是聽到這名字就已經感到好奇而興奮，當然，也有可能是出自噁心與嫌惡，大多數的人都是從色情網站上認識她，正如同其他的業餘成人女優。她在幾個主流的色情網站上經營了兩、三年，累積了足夠的人氣之後，她便開始將她的觀眾流量引至她個人的付費網站，接著，她進一步拓展多角化經營，除了繼續拍攝獨立成人短片，她同樣屢屢受邀參與線上廣播或訪談節目的直播與錄製，並且，她自己還另外在常見的幾個社群媒體平台上開設了不包含色情內容的帳號，大多是用來分享她的生活，或者是用以推銷她個人代言的周邊商品。

直到有一天她突然消聲匿跡，而我正是替她收拾善後的清潔工。在此之前，我並不認識警報甜心，我只知道敏敏要我去清理一間住商兩用的攝影棚，話雖如此，它的實際位置其實是在一處老舊國宅的社區裡，出入並沒有電梯，唯一慶幸的就是攝影棚所屬的樓層是在不算太高的四樓。

我揹著登山架、攜帶著大量的塑膠袋與紙箱來到此處，所謂的攝影棚似乎有點言過其實了，對我而言，它不過是將普通的公寓客廳佈置成拍攝場地，把臥室改成剪接室，所以我著重的地方在於謹慎回收那些腳架、燈具、遮光板、電腦、螢幕、繪圖板、指向麥克風、數位單眼相機與鏡頭，根據委託人的要求，我還得清除陣列磁碟內的所有資料。這些電子產品在二手市場上仍有相當高的價值，因此每一件我都還另外使用了防撞海綿去包裝它們。

剩餘的流程就與其他的委託案無異，將冰箱裡的食物倒掉、打包所有的衣服、仔細分類可燃與不可燃的雜物……由於她是一名軟式色情片的女優，因此各類會有的道具都不難想像，然而在此之前我其實完全不曉得，以至於我是進行到該步驟才意識到委託人的身分。不過，那並不是最令我感到意外的東西。

透過收拾別人想要丟棄的物品能夠讓你更進一步認識對方生命的軌跡，我從書架上的漫畫得知了她的興趣，我從她做的閱讀筆記得知她的文學品味，我從她的獎狀得知她在學生時代曾得過不少藝文競賽的冠軍，我從她收納於鞋櫃裡的骨灰罈得知她曾養過一條黃金獵犬。我翻見了她天文系的休學證明，我翻見了她的結婚證書，我也翻見了她的離婚證書，我翻見了她的就診紀錄，我得知她曾墮過胎、罹患過子宮肌瘤、長年受躁鬱症所苦、嘗試過兩次自殺。我知道這一切都還沒結束，在我上門的一個月前，她剛結束經蝶鞍腦下垂體腫瘤的切除手術，不過血塊已經壓迫她的視神經過久，她現在的視力惡化得很嚴重，而且根據醫師的評估，她還有可能出現早發性的阿茲海默症，她的浴室與床頭櫃上擺放了各式各樣的營養品與處方藥。

我知道我不太應該做這種事，不過，我在她的儲物間裡還發現了一組箱子，裡頭是一封又一封被她父親退件的跨國信件：她的父親遠在她中學時期就已經在另一個國度另組家庭，除此，箱子裡就是她的母親在每一個節慶時所寄來的賀卡，上頭的叮嚀無非是希望她好好照顧自己。似乎，她遠居在另一座城市的母親完全不曉得她的經歷，也不曉得她的病情。

等到最後一天，我正在對室內進行總清潔時，一陣開門聲響起，我離開打掃到一半的浴室、逕直走向大門，原來是警報甜心本人。

「你好。」她對我說。

「妳好。」

警報甜心脫下外套、將其抱在懷中，她戴著厚重的遠視眼鏡、沒有任何化妝，身上穿著樸素的運動鞋搭配白色的襯衫，遂而她的刺青也從單薄的布料底下若隱若現。

警報甜心站在客廳環顧了一圈：

「我可以看一下嗎？」

「請。」

警報甜心開始在屋內各處漫步，她一邊喃喃著：「我沒想到這裡清空之後其實空間還算蠻大的。」

「嗯。」

警報甜心：「那些東西整理起來會很麻煩嗎？」

「還好。」

警報甜心：「沒關係，其實我知道那是大工程，早在半年前我就應該自己先設法丟掉一些的，可是我的體力實在不允許，我搬不了太重的東西。」

「嗯。」

最後，警報甜心停在儲物間門口，她看著角落，那裡原本座落著裝滿退件信封的紙箱，我原以為她會再說些什麼，沒想到她只是點起了一根菸，在呼出的煙幕中，她的神情陷入沉思而顯得滯訥，最後，她竟流下了眼淚。

我隨手遞上了衛生紙，不過卻被她擺手拒絕：「沒關係，我就是想哭。」之後，警報甜心又走進了她的舊臥室，她問：「當你們在做這種清潔工作的時候，你們會自己留下想要的東西嗎？」

「我不知道其他人怎樣，但我自己只會依照要求做事。」

「有點可惜，不然我其實有幾本小說想要推薦給你。」她用手指輕輕撫過已被清空的牆面。

「我有看見妳的書架上擺了幾部菲利浦．迪克（Philip K. Dick）的作品，我自己曾讀過幾本。」

警報甜心：「是嗎？你最喜歡哪一部？」

「《尤比克》（*Ubik*，1969）吧。」

警報甜心：「那也是我最喜歡的一部。你讀完之後有什麼感想？」

「我覺得它最後的結局是將希望埋在絕望裡，但意識到自己身陷於桶中之腦還繼續掙扎並沒有意義。」

警報甜心：「為什麼？」

「因為只要意識存在，不管哪種版本的認知都可以被稱作為現實。」

警報甜心：「這聽起來是唯心論的解釋，難道沒有其他能夠剝奪意識的絕對客觀途徑嗎？」

「從物理層面來說的話是有的，捨棄掉所有的物質，連每一個原子結構都遭到解構，最後承載有形物體的藍圖就能夠被徹底分離，沒有時間、沒有空間。」

警報甜心：「就像重力塌縮的黑洞將一切都給破壞殆盡才算真正的結束？」

「也許是，但在奇異點之後則又藏著各種可能性。」

「對……你說得沒錯，只可惜現實人生沒那麼簡單。」警報甜心轉頭又走向浴室，她想要把煙灰點落在馬桶裡：「你看起來不太像一般的清潔工。」

「我們的工作都不代表我們真正的自己，我猜？」

「的確。」警報甜心抽著菸：「甚至就算是在私底下，我們都還擁有不只一副面貌，這並不是精神解離或者是思覺失調，我想你明白我的意思。」

「嗯。」

她看著鏡子：「我遇到的每個男人都想上我，即便只是在網路上從未見過的陌生人，他們都願意出錢看我自慰，沒有人想要真正的我，」警報甜心轉過身來與我對視：「一旦他們知道我是一個有精神問題又全身是病的女人，他們就會避之唯恐不及，我也不怪他們，因為我知道我有毒，我只是一個會行走的核廢料，而且我隨時都有可能會死，根本不值得被愛。」

「所以妳才下定決心了？」

警報甜心：「或許吧，我在逼我自己，看看如果真的一無所有之後，我還會做出什麼。」

「那麼，為什麼妳又回來這裡呢？」

「我不知道……」警報甜心扶著額頭：「可能是因為我想做最後的確認，我想要親眼看著我曾痛恨的一切消失之後是什麼樣子，這不是為了記憶，畢竟我的腦功能衰退得很嚴重，我單純是想要在『現在』這個當下去感受。」

「嗯。我只剩這個浴室需要收尾，大概再過一、兩個小時，妳委託的工作就能正式宣告結束。」

「在你結束之前，我可以繼續待在客廳嗎？等你要走了再通知我？」

「好的，沒問題。」

說完，警報甜心將菸蒂扔進馬桶裡沖掉，隨即便獨自一人往客廳走去。

只不過當我工作完全結束之後，我並沒有在客廳見到警報甜心，其他的房間裡也都不見她的蹤影，她提前離開了。

不管她日後還有什麼樣的計畫，嚴格說來那都不關我的事，然而……我仍免不了有些臆測，名為「臆測」，實為「無能為力的擔心」。我很清楚這樣的念頭與感情對我的工作非常不好，不過，既然我是這類特殊委託的清潔顧問，那麼我有很大機率就會是這些客戶們人生中最後一個交談過的人，我不確定我該用什麼樣的態度去面對他們才符合職業道德與義務，畢竟之於當事人，他們承受過的精神掙扎可能遠比我所能理解的還要複雜而沉重，否則他們就不會走到需要我上門幫忙的這一步。

或者，我應該反過來思考：以他們的立場來看，我究竟被期待成什麼樣的角色？

晚間，工作結束的回程途中，我進到了大賣場添購已經用完的一次性鞋套與口罩，在那裡，我又巧遇了高橋。不知是哪裡顯露出來的不對勁，高橋看見我的第一反應竟然是對我說：

「你看起來需要補充一點糖分。」

因此，在各自買完要採購的東西之後，高橋與我找了一處有露天座位區的奶昔店待著。

「我看起來有什麼奇怪的地方嗎？」

「外表上沒有，不過，」高橋說：「你的行為舉止卻像一台掃地機器人一樣，你目光空洞、心神不寧，或者說像是一具殭屍比較貼切。」

「但至少殭屍還有吃人腦的本能慾望。」

高橋：「所以你承認有什麼在困擾著你？」

「我想這就是問題所在：我不應該被困擾的。」

高橋：「你怎麼會這樣認為？」

「高橋……」我在腦中飛快斟酌著合適的字眼，試圖在不透露過多有關工作細節的前提下向她陳述，於是我只好先反問：「妳以前在當記者時，妳會不會認為在採訪的過程中，妳並不是讓對方坦承自己真實的想法，而是讓對方被妳設計的題目跟問法誘導出了妳想得到的內容？」

「呃……這的確是一種策略，畢竟當一個人得知自己將被挖掘時，他們就本能上都會預先採取防禦的態度，也許是刻意唱反調，也許是在心中事前擬定了一份他們自認能夠說服自己又能說服採訪者的說法，這是一種很自然的心理反射。」高橋：「所以回答你的問題：會，我自己當然會有這樣的懷疑，不過我知道這是無法避免的結果，『當你在觀察一樣事物的時候，你同時也在改變它的本質』。」

「我知道，這是微觀物理學的海森堡測不準定律。」

高橋：「但是擺在社會行為科學也一樣通用。」

「那麼標準是什麼呢？」

高橋：「你是指我用來判斷採訪內容可信度的標準嗎？」

「是啊。」

「總有些客觀邏輯與實體證據可以去檢驗。直到我的上級，又稱『真理部』，」她刻意加重手勢諷刺著她提及的內容：「基於某些意識型態而決定對第一手的採訪內容進行二手、三手、四手……的再加工，例如刻意隱瞞、敷衍、扭曲、暗示乃至反詰式的指控。因此不只在採訪上需要誘導，連同輸出也是一個誘導人相信的思想工程。」

我聽得出她對這套體制抱持著鄙視的負面觀點，因此我問：「那麼妳如何面對『雙重思想』對妳造成的感受？」

「你也知道我最後做出了什麼樣的決定，不過我猜你指的應該是我還在任職期間的做法？」偏著頭，她喝了一口草莓奶昔。

「嗯哼。」

「呵……」高橋偏頭，苦笑地嘆了一口氣：「沒有，我什麼都沒做，我完全無法給你任何一個聽起來充滿智慧的心得。回想起來，正由於意識到自己無能為力，所以在那段日子裡我採取了十分消極而被動的態度，麻木、倦怠、忍耐、壓抑……視而不見、充耳不聞，要怎麼形容都可以。」

「那麼關於那些被妳採訪的對象呢？假設是社會刑事案件的話，加害者、被害者、目擊者、偵辦者、裁決者……甚至還有更多可能被事件以間接方式波及的人們，妳當時是如何要求自己面對他們的？」

「聽起來並不光彩，不過，『記者』是一個非常方便的身分，因為它所具備的多樣性無論在賦權或推卸責任，其本質就帶有相對較低的門檻。至於我私人方面……」高橋：「『反正在採訪結束之後，我們就不會再有任何的交集』，我是這樣不斷提醒自己。」

「但就算妳不會再見到每次個案中的採訪對象，之於妳本人，妳也無從完全斷絕資訊與情緒的連續性，妳終究必須承載這累積的一切，不是嗎？」

高橋：「是。」

「那麼，雖然已經是後話：假使妳有重來一次的機會，在已知結果的前提之下，妳會選擇用什麼樣的心態或角色去面對受訪者呢？」

「那當然是越簡單越好，如果可以的話，」高橋：「我寧願成為一個傾聽者，無論他們告訴我的版本是捏造的謊言或事實，我只想要單方面地聽他們說。」

我有些困惑：「為什麼？既然妳可能明知都是謊言了。」

「因為從謊言中其實可以透露出更多的衛星資訊，而那不僅能反推他們真實的動機，也能一窺他們的人格養成的脈絡。」高橋的語氣變得慎重：「雖然人在接受採訪時會認為自己的隱私遭到侵犯而採取自保的防禦姿態，但實際上，在每個人的內心裡，他們都偷偷地希望能夠將自己的真面目以某種加密的方式公開，期望於試探中尋得認同感。」

「可是重點在於『我不能提問，必須由對方主動願意說出來』，對吧？」

「沒錯，稍有不慎，這就很容易刺激到對方。不過，如果有充裕的時間、合適的環境、看似不具威脅的用字遣詞……這並非完全不可能做到。」高橋故作從容地攪拌著她的草莓奶昔：「就像我們在這裡展開的這段對話一樣，即使你不說，但我也能夠知道你在刻意避開特定的具體細節、向我諮詢相對應的意見，而那大概正與你的工作有關，不……應該說是與你個人有關。」

「所以妳剛剛在大賣場叫住我，正是出於這樣的目的嗎？」

「它可以是，只不過我跟你之間並沒有任何利害關係，姑且就說是……我坦承我對你感到興趣，所以我也願意與你聊天，讓你諮詢你認為或許能夠從我的身上所得到的有用意見。」

「你對我感興趣？」

「出自於友善的角度。另一方面，我也想要確定我的鄰居究竟是不是連續殺人魔。」高橋微笑道。

我同樣露出了社交用的笑容回應，既然她對我作出了部分的坦承，那麼我猜想我對她多透露一點工作上的困擾應該也無妨？因此我悠悠陳述：

「在收拾別人的廢棄物品時，我其實能夠透過他們即將被扔掉的東西拼湊出他們的人生經歷，有些客戶……他們過得相當不好，可是嚴格說來我的專業不太需要這類無助的共鳴。」

「這以前發生過嗎？」高橋問。

「不，是直到最近我才出現這樣的體悟。」

高橋雙手抱胸、呈思考狀：「這樣的話……也許牽扯到心理健康的層面，我沒有相關的專業知識可以推薦。但如果你願意的話，你可以用紙筆把你的感覺記錄下來，別用電腦，只用紙筆，因為那會幫助你把思緒放慢，有助於釐清你的感受，假使有特殊的狀況，傳統紙本資訊的外洩與銷毀，永遠比清除數位資料都還來得更加保險。」

「謝謝，也許我會嘗試看看。」

高橋：「說不定在這樣的過程中，你會逐漸發現自己不單只是記錄，之中還參雜了你創作的部分；而『創作』正是審視自身觀點、解讀傾向以及分析出個人期待與興趣的最低成本途徑。」

「嗯……聽起來很有道理。」

高橋看了一眼我的杯子：「你到現在都還沒碰你點的綜合水果奶昔。」

於是，我抽出吸管，將已經有些半融的奶昔仰頭一口氣喝掉了近半杯，之後還忍不住打了一個嗝：

「抱歉。」

「沒關係，幹得好！」高橋開朗地笑出聲音：「沒什麼不好意思的，因為我們都只是普通的凡人。」

這時，我的手機裡又傳來了敏敏通知下一份委託的簡訊震動。

而接下來我該如何陳述「安雅」的故事？

下午時分，當我按照約定時間前往安雅所給的地址時，她早將自己的公寓清理了大半以接待我的到來，她甚至感到有些不好意思，並詢問我這樣是否會打擾整體的清潔規劃，我說沒關係，我可以從這裡接手，於是安雅向我交代：她必須出門一趟，大約三小時之後才會回來，剩餘的部分就交給我了。

與她道別之後，我將她已經整理好的紙箱翻開，大致標記了一下內容物以便分類，由於她的單人公寓空間並不算太大，因此我很快便完成了收尾，也在極短的時間內聯絡貨櫃車，把那些廢品一箱接著一箱地搬上後斗，讓司機運走。

雖然我在時間上留有餘裕，但這一次，我沒有再翻閱安雅的物品去推敲她是個什麼樣的人……好吧，多少還是有些難以避免的部分，我注意到她並沒有化妝品，衣服件數不多，款式大多以略顯陳舊的襯衫、機能外套、多口袋的工作褲以及牛仔褲為主，就連迷你冰箱與電磁爐的製造日期都超過了十五年以上，恐怕那也是她從跳蚤市場買來的二手品。除了她夾在合成木書桌邊緣的閱讀燈，我留意到她的天花板上雖然設有六個燈座，不過我在她的紙箱內僅發現兩個燈泡，想必這是出於節約電費的對策；一人份的盤子、湯碗以及免洗的塑膠餐具，她平時應該沒有任何的朋友拜訪。她沒有任何的收藏品，頂多只有一只看起來像是手工製作的陶瓷馬克杯，上面寫著「第一三四梯次職訓結業紀念」，這或許解釋了為什麼她的房間裡總充斥著一股 WD-40 的金屬味，同時，我也發現了她有一整箱的五金與電焊工具。

收拾並打掃完公寓內部之後，我坐在恰好可以面對大馬路的窗台邊等待，而果然如安雅所說，她很準時地在三個小時後回來了。一進入自家房門，這裡的電燈開關已經沒了作用，畢竟，所有的燈泡都被她給拆了，公寓裡頂多只能依靠著從室外透進的路燈與霓虹招牌閃光作為簡易的照明。

她站在門框邊，走廊上的日光燈只能映出她大致的輪廓，唯有在霓虹招牌亮起紅燈之際，我才能於短暫的閃爍中看清她的臉龐。安雅在哭……

我不知道如何打破沉默，也不願探究她的隱私，因此我只好用十分平淡的語氣說著相當制式的內容：「晚安，我已經完成了妳指定的清潔任務。」

「很好，謝謝……」安雅顯得有些恍惚：「那麼我猜這個委託就剩最後一個步驟了，對吧？我聽說你們也包含了這方面的服務。」

「是。」

安雅：「我明白了。那麼，可以跟我上天台嗎？」

「好的。」

在安雅的帶領之下，我們搭乘電梯直達頂樓，接著又爬了一小段的逃生梯才來到室外的天台。在推開鐵門之際，安雅反應敏捷地扶住一柄本將傾倒的洋傘，她將傘面撐開，並且按下手柄上的按鈕，整把洋傘便開始旋轉起來。安雅：

「很酷吧？」

「嗯，這是妳的作品嗎？」

安雅：「對，我的工作是在電視台的兒童節目擔任道具師。」

盯著那把如同旋轉木馬般運作的洋傘，安雅的表情似乎掃卻了不久前的陰沉，這時我才提問：

「在過去三小時內，妳遇上什麼事了嗎？」

「我吃了人生中最後一頓，也是最難吃的晚餐。」撐著會旋轉的道具傘，安雅開始在天台的邊緣繞行漫步：「但這全都是我自己的問題，我不應該懷有太高的期望，我沒要求這世界非得繞著我轉，我只是希望我的家人能夠好好聽我說話，哪怕一次就好，結果呢？完全不意外，這種期待還是太奢侈了……」

「妳原本打算跟他們說什麼？」

安雅：「我想告訴我的哥哥：『很抱歉，我是個反面例子，但你很有潛力，你是我認識過最聰明、最有才華的人，你只是缺乏機會，我希望你可以走出去、多認識一些人。』接著，我想告訴我妹妹我的提款卡密碼，並交代她：『等妳畢業之後，遠遠離開這裡吧，雖然我留下的錢不多，但應該還足以讓妳搬出家中、找份工作、開啟屬於妳的新生活。』而最後，我想告訴我的父母：『我知道你們從來都不愛我，請不要再狡辯，請不要再情緒勒索，我成長於你們的嫌棄與瞧不起，戰戰兢兢、提心吊膽，害怕、恐懼、不安……每當我想起你們的時候，我只會聯想到這些字眼，我已經受夠了你們習以為常的呼來喚去，我已經受夠了你們不斷拿著過去扶養我的記帳本威脅我還錢，我受夠了在外人面前一邊被你們數落、嘲笑，一邊還要裝得我們相處融洽，我要你們知道：我恨你們。』……」

說到這裡，安雅難掩她的悲憤，不由得再次崩潰落淚，在哽咽與抽搐中，她停下了腳步，直接於原地蹲下，並用洋傘將自己遮掩起來。

「但是我連說出口的機會都沒有！都已經到最後一刻了，他媽的根本沒有人要聽我說話！」安雅赫然發出哀怨而憤怒的嘶吼：「在那餐桌上，持續上演著千篇一律無意義的爭吵，緊接其後的就是將他們的怨氣發洩在我們三兄妹的身上，『廢物』、『智障』、『浪費資源的人渣』、『不上進的垃圾』、『無一可取的失敗品』……這就是我的父母親會對他們的親生子女說的話，打從我有記憶以來，這些字眼就是我們的代名詞，而最矛盾的事情是：既然他們對我們是如此唾棄，那麼為什麼又要把我們帶來這個世上？甚至，長年痛恨彼此的他們為什麼還要繼續維持這種病態的婚姻以及有毒的家庭關係？」

「我沒有辦法回答這問題，但是，如果妳仍感到遺憾的話，我可以向妳的哥哥與妹妹轉達妳想說的內容。」

一陣沉默。

「謝謝……」經過短暫的平息，安雅也稍微恢復冷靜：「不過，你要如何向他們交代我的情況？」

「如實交代：妳搬家了，在海外得到了一份新的工作。」

「嗯，這聽起來很合理。」

「妳可以將他們的聯絡資料留給我。」我掏出手機遞給安雅。

總算，安雅縮起遮掩自己的洋傘，起身接過我的手機，開始在備註欄上面打字。

聽見安雅掛念的手足之情，在一旁安靜等待她打字的過程中，我不由得想起了艾琳——大家都將她的優秀視作理所當然，以至於每個人都忽視了她也有被關心的需求，這種渴望對於越是親近的人反而越是難以啟齒。回想起來，當年「出國深造」正是她不想麻煩任何人的端倪，乃至接觸到幸福學會並迅速踏入婚姻對她而言都是機會與出口，所以她才會陷得又深又快，直到後來我幾乎只能在一年一次的葬禮上遇見她。年復一年，她的狀況只是每況愈下，儘管我屢屢主動嘗試與她維持聯繫並建議她尋求醫療協助，不過她卻對於就診表現出強烈的抗拒，甚至封鎖了我所有的接觸。我最後一次見到她是在我母親的葬禮上，她目光呆滯、精神萎靡、身形消瘦……口中只會敷衍地重複強調「我沒事」、「我很好」，我企圖繞過她的先生直接與她對話，然而艾琳留給我的只有一句冷淡的回答：

「你讓我感到很困擾，我這輩子都不想再看見你。」

頓時，我體認到她再也不是我曾熟悉的那個艾琳，出於對她意願的尊重，我依她的要求照做了。

之後再聽見她的消息便是從警方那邊得到的死訊，我發現她並不是沒有嘗試過自救，因為我在她遺留的《ICD》（*International Classification of Diseases*：國際疾病分類）以及《DSM》（*Diagnostic and Statistical Manual of Mental Disorders*：精神疾病診斷與統計手冊）內文裡翻見了她做過的大量筆記，我讀過一遍又一遍……

在安雅將手機交還給我之際，我的思緒也跟著回到了當下，她問：「你對你的家庭滿意嗎？」

「不。」我回答：「我所有的家人都過世了，即便他們還活著的時候，我與他們的關係也是很疏離。」

沒錯，包含艾琳在內……

「嗯……」望著遠處的市景，安雅：「那麼你也曾想過自殺嗎？」

「沒有，因為我不需要。」

安雅：「為什麼？」

「不管妳信不信，死亡與孤獨早已圍繞我太久，某種程度上，我幾乎已稱不上還存在於這個社會，自然也就沒有了自殺的必要。」

安雅：「那麼你會如何定義你現在的這種狀態？」

「一個旁觀者，一個見證者，一個試圖表達友善的死神。」

安雅：「所以你才得以擔負得起這份清潔顧問的工作？」

「我想，這應該是雙向因果的關係。」

安雅：「謝謝你，死神先生，如果不是委託的話，你覺得我們可以當朋友嗎？」

「這應該取決於妳，」我補充著：「假使妳願意的話，我就能夠成為妳的最後一名朋友。」

「謝謝，我反而覺得……我是被拯救了。」安雅雖然臉上還帶著尚未完全消退的憂愁，不過她仍對著我擠出一點微笑：「你不應該是個『死神』，相反地，我覺得你更像是個『救生員』，在人們臨近生命的最後一刻，是你從精神層面上拯救了所有人，沒有世俗的勸說與批判，你用人們想要被拯救的方式去拯救他們。」

「這聽起來是個評價很高的讚美。」

「至少在我的眼裡，你的確實至名歸。」她說：「明明我們認識根本不久，我甚至還不知道你的名字，不過我卻可以非常信任你。」

「『洛伊』，」我回答她：「這是我的真名。」

「好的，洛伊，我會記得的。」安雅：「而出於好奇，你會怎麼記得我最後的樣子呢？」

我還沒來得及回答，安雅就撐開了她的道具傘，她一邊啟動旋轉的功能，一邊走向天台的邊緣，在回頭對我揮揮手之後，安雅提著傘，蹬腳輕輕向後一躍便落出了高樓之外……

然而我並沒有聽見她連人帶傘摔落在漆黑防火巷的巨大碰撞聲，當我也走向天台邊緣往地面查視，我沒有看見她支離破碎的傘架以及她扭曲的四肢、變形的頭骨、緩緩從她口鼻溢出並流向水溝蓋的血漿……

取而代之地，我看見的是極其魔幻又不可思議的一幕：安雅握著她的道具傘，頓時間，那彷彿一組小型的直升機扇葉，在傘面高速的旋轉之下，周圍颳起了一陣強風，連我都不得不伸手去阻擋眼部，等到風勢漸弱，我才看見安雅一面對著我揮手，一面如《歡樂滿人間》（*Mary Poppins*，1964）的神仙教母往遠方飛去，她的表情如釋重負，臉上的微笑真切又和藹，她越飛越高、越飛越高……直到我在深藍色的夜空中再也見不到她的身影。

優雅、親切、了無遺憾，那就是安雅在我記憶中最後的樣子。

隔日，我親筆書寫了安雅要我轉達給她兄妹們的內容，搭乘著電車，我依序將信封投遞到了她哥哥的住處與妹妹的學校，而最後一站則是她的雙親家。恰巧，在我離開那棟大樓時，她的父母正好被警車載送回來，我看見她的母親啜泣連連，而她的父親則是不斷在她的身旁安撫著她。

然而等到警車一開走，他們夫妻倆便公然在人行道上互相指責安雅的事情是對方的錯，在激烈而放肆的爭執過後，他們取得的唯一共識就是安雅讓他們有多麼丟臉、他們在安雅身上付出的所有投資全都被她搞砸了、安雅就是一個不知足的婊子……

當「佩德羅」聽完我陳述安雅的故事之後，他只雲淡風輕地下了一個結論：

「父母在年輕時憎惡自己的子女是因為孩子宣告了他們自己的青春已然結束；而父母年老之後仍然想要控制著孩子則是因為他們妄想著自己還依然青春。」

佩德羅是一個年齡約莫五十歲上下的壯年男性，不過他滄桑的模樣卻令他的外表顯得更像是七十歲，他的手腳細長、身形瘦弱，職業是一名郵差，長年住在一間狹窄的老舊公寓內，根據大門告示牌上的通知，這整棟大樓還剩十四個小時就會面臨市政府的拆除，所以他並不需要我幫他清理房間，他已經不打算搬走，也完全沒有其他地方可以移居。

他希望我能幫忙的工作內容是替他在天花板上安裝一個看起來像是攀岩用的掛鉤，相關的器材他都早已自行備妥，鋁梯、衝擊鑽、膨脹螺絲……那並不是一個多麼複雜的工程，不到半個鐘頭我就能幫他安裝完畢。

很明顯，我們都知道他將選擇什麼樣的方式結束自己的生命，只不過在細節層面他仍有自己的安排，這項安排需要一點等待的時間，所以我們才有了交談的機會。

針對安雅的事，佩德羅繼續追問：「但無論如何，你對那女孩的父母一定有些感想吧？」

「世界上本來就什麼人都有……」

「你不需要假裝中立，」佩德羅打斷我：「沒有什麼地方比我們現在的這種場合更能安心坦白了，試著說說看，你最直接的感受是什麼？」

「糟糕、可怕……」

佩德羅：「還有呢？」

「噁心。他們完全不把自己的親生女兒當人對待，想必他們對人命的價值也看得很賤。」

佩德羅：「繼續。」

「明明無能為力、百般厭惡，那麼為什麼還要賦予一個人生命，然後又給予她難受的人生？」

「你提到關鍵了。重點不在於『為什麼』，而是從他們的天性上，這些行為原本就刻劃在他們的基因，這甚至是一種普遍的現象，大多數的人在潛意識裡或多或少都有想要傷害別人的念頭，不需具體的理由，因為暴力是自我價值實現最原始的方式，若非礙於社會規範，人類的惡意會表現得更顯露無遺。」佩德羅點起一根菸：「仔細回想一下，洛伊，你是否曾人被毫無來由地傷害過？」

經他這麼提起，我腦中立刻浮現起自己過去任職於廣告公司時的遭遇：「是的。」

佩德羅：「而你怎麼面對呢？」

閉上眼，我回答道：「我主動退下，徹底遠離他們的遊戲。」

佩德羅：「你不在乎他們將你看作一個不敢反擊的懦夫嗎？」

我搖搖頭：「既然我已經退出了，那些人對我而言也就等於不存在。」

佩德羅：「不，我認為你終究是受到嚴重影響的，這個因果關係應該顛倒過來：不是因為你離開所以他們才變得無足輕重，而是由於你受到的傷害已不堪負荷，所以你才會採取迴避，並且，你還以為『迴避』是一種報復的手段，實際上你懲罰的人依舊是你自己，你成為了壓迫自己的加害者之一。」

「為什麼你會對我做出這樣的分析？」

「因為你現在做的是一份必須扼殺感情才能繼續經營下去的工作，除非你有反社會的人格，但根據我剛才聽到你對那女孩雙親的感想，我可以確定你仍保有同情與共感，」佩德羅吐著煙幕：「所以那個叫安雅的女孩才會說你拯救了她。」

我伸手替佩德羅捎來擺在盆栽旁的煙灰缸：「那麼你也認為我拯救了你嗎？」

佩德羅看著天花板上安裝好的掛鉤，他沉默了一下才回答：「對，你幫了我一個大忙，因為我也忍受不了這世界的摧殘，所以我才想要徹底放棄一切，我只是……我只是太累了。」

「傷過你最重的人是誰？」

「那並不是特定的誰，而是『時間』，時間會讓曾經你以為自己能夠忍受不斷的複利累積，時間會證明你的抗壓力不如自己想像，時間會奪走你所有僥倖的希望，而我不想要假裝自己看不見盡頭是什麼，」佩德羅彈掉煙灰：「這是一個大家都心知肚明卻避而不談的基本常識。」

「你聽起來……」我遲疑了片刻，想不到確切的用詞。

佩德羅精確地幫我補上了空白：「我聽起來依舊憤世嫉俗、表現也一點都不像已徹底放棄的樣子？」

「是。但我並沒有勸退你的意思，不管是以工作層面還是個人的立場而言，我無心質疑，也不認為我有這樣的資格干涉。」

「別緊張，我相信你沒那打算。」再多抽一口菸，佩德羅便把菸蒂熄滅：「當人們目睹悲劇時，要不是幸災樂禍，要不就是因為出於想像力、擔心同樣的事情發生在自己的身上進而感到同情。洛伊，毫無疑問，在大多數情況之下你應該是偏向後者的，即使你在當下還感受不到，但我說過：時間終究會把延遲的情緒反彈到你的身上，那可能是明天，可能是下禮拜，可能是下個月、半年後、兩年後、五年後、十年後……它不會管你是否早餐才吃到一半、接受的委託工作才進行到一半、失眠許久後好不容易才入睡到一半，尤其當反射弧線拉得越長，重創你的力道就有可能越大。」

「如果真有那麼一天，只要稍微感應到前兆，我隨時都能抽身，因為我一直以來都是輕裝遊歷的人。」

佩德羅提起食指強調：「除非你留下了什麼帶不走的羈絆，凡事都會有特例的。」

「你的羈絆是什麼？」

「上個月比我早走一步的前妻。」佩德羅從單人沙發上起身，在繞過我時，他拍拍我的肩膀：「切記：任何發生在女人與小孩身上的事情都可以是悲劇，但發生在男人身上的悲劇……往往只會成為笑話。」

他從冰箱的冷凍庫裡取出一段繩結，最大的不同在於佩德羅將繩子從中切開，改用寶特瓶裝水而形成的冰柱把繩子銜接在一起，如此一來那就變成了一個定時裝置：等到冰塊融化，下半部的套環就會因為承受不住他的重量致使他的遺體從半空中自行落下。

我扶好鋁梯，好讓佩德羅將他那自己特製的繩結與天花板上的掛鉤繫在一起，他拉扯了兩下，確認強度沒問題之後，便將套環固定在自己的脖子上。

「我已經很久沒跟人說話了，因此我才會一直講個不停，內容免不了有些偏激，但實際上，與你聊天讓我感到紓壓不少，謝謝。真不好意思。」他伸出手來與我握手。

「不會，只要我有能幫上你的話都好。」

深吐一口氣，佩德羅交代道：「好，把梯子挪開吧。」

按照他的吩咐，我將他作為立足點的鋁梯抽走，佩德羅整個人往下一沉，剛開始他的反應劇烈，可是他仍用意志力與想要掙扎的求生反應相對抗。他的臉先是脹紅，全身肌肉緊繃地不斷顫抖，一分鐘過去、兩分鐘過去、三分鐘過去……雖然他的大腦已經由於缺氧而失去意識，不過小腦控制的反射神經仍讓他持續發生抽搐；五分鐘過去、六分鐘過去、七分鐘過去……而正如他所說，時間會奪走一切，到了第十分鐘，基本上，他已成為了一串巨大的風鈴，僅隨最後的慣性在半空中搖晃著。

但我並沒有馬上離開，而是坐回一旁的椅子上，默默等待佩德羅完全靜止擺動，他的死狀並不如其他上吊的個案可怕，沒有舌根外露、沒有頸椎異位、沒有失禁、沒有脫糞……他看起來很安詳，彷彿只是在半空中悄悄睡著了。

看著他安息的模樣，這令我產生了一種反差感，明明不久前他還相當有精神地與我交談著，然而在幾分鐘的時間裡，他的生命便加快消亡，直至歸零，我全程目睹了他生理機能停擺的始末。

在那狹小的房間內，他的狀態永久定格，至於依然活著的我，時間還將繼續。

第五章

接下來的日子，我一連接了七宗委託，他們的年齡、性別、職業、個性、動機都沒有明顯的共同點，唯獨在最後一刻，他們都對兩件事情表現出興趣，一是其他個案的經驗分享，二是關於我的背景。於是，在日常生活中根本不太有與人對話機會與渴望的我，沒有想到竟然會是在這樣的工作中發生密集的交談，特別是當我一次又一次介紹自己時，雖然我每次陳述的版本幾乎都大同小異，畢竟我的人生並不有趣，閱歷也不豐富，通常只需要幾句話就能涵蓋我從出生到現在發生過的全部，然而，那些客戶們總能夠對於我的背景提出不同的反饋，在他們的眼裡，我的個性、我的習慣、我的價值觀、我的決定……似乎都能與他們各自生命中的某些片段引起同感，在無數個可能發生的時間線上，他們都向我分享了完全不同的選擇，只不過我們都很清楚，這些選擇最後都引導他們走向同一個結局。

他們在生命中的最後一場對談，有時是告解，有時是宣洩，我或許會看見他們的大喜大怒、心灰意冷，但從來不會是諮詢，更不會對我提出建議，畢竟他們對於自己為何會走到這一步早有深刻的自知之明。

當然，他們也有可能純粹是出於緊張與尷尬，所以才會想要跟我多聊聊，瞭解基本流程，同時，至少多認識一點我這即將為他們送行的陌生人。

人之將死，其言也善。在每次結束工作後，無論是在餐廳、自助洗衣店還是我公寓的陽台邊，我都會反覆細想他們最後對我說過的話，以及他們對我的側寫、分析與評論，僅僅只是一面之緣，從開始到結束往往不過數小時，他們竟然就能看透連我自己都沒有任何自覺的隱藏面貌？事實是否真的如此，我半信半疑，不過我倒是察覺到一個現象……

還記得我曾提過我的腦海中時不時就會冒出如廣播電台的背景音嗎？現在，每多完成一個案子，那電台節目的聲音就會更加清晰一些，而我注意到，在談話節目上的來賓正是我曾接待過的客戶，至於電台主持人的聲音？

那正是我自己。

多半時候，委託要求中的最後一個步驟都會是在傍晚至凌晨之間執行，但是「余安」的案子卻希望我在正中午的時候抵達，這與過往的其他案子都不一樣。她住在一棟位於中產社區的平房，在我進門後，牆上的合照說明了她是一名有夫之婦，擺放在玄關的球鞋、披在餐桌椅上的運動外套、置放在浴室洗臉台上的電動刮鬍刀……種種跡象都表明她的先生還住在這裡，我不確定他知不知情。

總之，余安一襲套裝的打扮，彷彿是今天早上才臨時起意決定不進公司的辦公室一樣，而且在我登門之前，她就已經喝了一點紅酒，因此她整個人的狀態與其說是從容冷靜，不如說是有點迷茫，在應答上，她的反應總是會慢上幾拍，回話的語氣同樣虛弱又無力。

有那麼一剎那，我的直覺告訴我：我應該推掉這個案子。

然而就在我猶豫之際，余安已從車庫搬來了紙箱，裡頭裝了她買好的防水帆布、紙膠帶以及專門用來穿透水泥牆的火藥釘槍。喘著氣，余安雙眼半闔、精神狀況疲憊不堪，她指著客廳問我說：

「你可以幫我在這裡圍出一個隔間嗎？請務必幫我確定沙發跟地毯都有被覆蓋到，我不希望後續會很難清理。」

點點頭，我首先開始佈置的就是將防水帆布覆蓋在她指定的區域，一確定基本面積鋪設完成，余安便直接坐在被包覆好的沙發上放空沉思，接著，我搬來了餐桌椅當作墊腳，連同天花板也貼好了防水帆布，隨後把剩餘的半透明帆布如圍幕般落下，一個宛若病理隔離艙的小型空間就搭建好了。

在此期間，我聽到了余安開啟了她手機上的錄音功能，帶著滿是哀怨又愧疚的語氣，她交代著自己最後想坦白的內容：

「我很抱歉，我以為我可以，但其實我不行，我是真的努力過了。這個計畫我已經想了很長一段時間，一直沒讓你知道是因為我曉得這對你而言不是一個能夠討論的話題，我完全可以預料你會有什麼樣的反應。恨我、怪我、把責任全歸咎到我身上吧，我坦承我就是在逃避，我後悔了我所有的承諾。嗯，就這樣，再多的道歉也無濟於事，等你發現我時，你就會知道我已經表明了我的立場：終於結束了。」

眼見我佈置完成，余安要我捎來火藥釘槍交給她，然後她要我退出圍幕之後就可以直接走人。

可是我並沒有照做，我繼續在客廳裡逗留著，從旁隔著半透明的防水帆布觀察著她模糊的身影，她用釘槍抵著自己的下顎，如此僵持了好一段時間，可是她遲遲沒能下手，最後她放下釘槍，一個人哽咽著哭了起來。

而既然我能夠看見圍幕內的她，想必，她也能夠看見圍幕外的我，因此她再度發出聲音：

「顧問先生，你還在嗎？」

「是的，我還在。」

余安：「那麼你可以進來嗎？」

掀開防水帆布，我再次踏入這小小的隔間，她用濕紅的雙眼望向我，並朝我哭訴：

「我辦不到、我辦不到……我竟然辦不到……」

面對她的哀泣與哭嚎，我不曉得我是否應該乾脆建議她放棄這次的行動，這樣是能被允許的嗎？作為一名特殊委託的清潔顧問，我有這樣現場判斷的權力嗎？替客戶做決定的權力？

「不如你來幫我執行吧？」說著，余安就托住我，將火藥釘槍交到了我的手中，並主動把額頭湊到了槍口上。

「我不能這麼做，我的工作只是充當協助與善後的角色。」

余安：「求求你……我自己真的辦不到……」

看見她如此痛苦的表情，我妥協了：「不如，我們一起吧。」我牽起她的手，讓她的手掌與我的手掌重疊在一起，合力托住釘槍的握把、將食指貼在扳機上。

我的協助可能微不足道，但至少令她願意將槍口提到自己太陽穴的位置，反覆做了幾次深呼吸，她迅速令自己的情緒穩定下來，儘管我還是可以感受到她的顫抖。滿面愁容中，她輕聲說著：「再給我一點時間。」

「嗯，隨時等妳準備好。」

余安：「可以麻煩你幫我倒數嗎？」

「從十開始，如何？」

余安：「我想這數字剛剛好。」

於是我開始了：「十、九、八、七、六、五、四……」

倒數還沒結束，鋼釘乍然射出，是她自己扣下的扳機。

然而出乎意料的是：這發打進她頭骨的鋼釘沒有令她瞬間死亡，在困惑之間，余安竟然還可以用另一隻手去觸摸頭上被貫穿的孔洞，她自己也很訝異：

「咦？」

一道血痕從她的傷口沿著鬢角流了下來，並從她的下巴滴在領口，將純白的襯衫染紅。

曾經在密醫急診大廳擔任過保全的我也曾見識過類似的例子，為了解除余安進退兩難的困境……我做了我能做的：在她望向我的同時，我在她的臉上又開了一槍。也許是鋼釘的口徑不比常規子彈，因此出血量並不如預期般出現大範圍的噴濺，於是，余安終於仰首傾癱於沙發的椅背上，從她眼窩溢出的鮮血就像腥紅的眼淚，只是她再也不會真的哭泣了。

將釘槍慢慢安置於她遺體的懷中後，我退出圍幕之外，結果這時，我竟然又聽見了哭聲：從走廊末端傳來的嬰兒哭聲。

「該死，她竟然還留下了嬰兒……」我在心裡暗想著：「她一定沒對敏敏交代這項重要的資訊。」

我走向嬰兒房，企圖安撫那可能才剛滿足歲的嬰兒，雖然我抱起了她、不斷輕輕拍打她的背部，可是這個小嬰兒的哭啼聲完全停不下來，此時此刻，我的腦中正在飛快地設想接下來的應對辦法。

雖然可行的選項並不多，但至少我全身的防塵隔離裝備穿戴得相當完善，現場也沒有其他的目擊證人，整個社區的住戶在這時間應該都上班去了，嚴格說來，要是我現在離開，我簡直就等於完全不曾在此出現過一樣。

於是，我抱著嬰兒來到客廳，並用余安的手機撥打了報警電話，一陣鈴聲過後，接線員發出聲音：

「您好，緊急報案專線，請問您有什麼需要？」

我沒說話，只是盡可能地將手機的收音孔湊近那小嬰兒，讓接線員能夠聽見嬰兒的哭聲。

接線員：「請問您現在是不方便說話嗎？如果是的話，請盡可能地嘗試輕輕敲打一下電話的話筒。」

我依接線員的指示照做了。

接線員：「好的，根據我這邊的資料，請問妳是『余安』女士嗎？」

我輕敲了一下手機。

接線員：「根據GPS與基地台的定位，妳現在人就在自己家中？」

我輕敲了一下手機。

接線員：「好的，我已經指派巡邏員警前往，他們約莫在八分鐘內可以到達，在這段時間裡，請勿掛掉電話，好嗎？」

我輕敲了一下手機。

最後，我把手機與小嬰兒擺在地板上，並用隨手可以取得的抱枕將嬰兒給圍成一圈，以防她到處攀爬，發生不必要的危險。做完這些我可能只剩下五分鐘，我以最快的速度從前門離開，並保持大門敞開，行走於社區的人行道間，我迅速脫下一身的防塵裝備，一見到有分岔的小巷，我立刻就轉彎走了進去，以避開主要道路。

果不出其然，當我還沒能完全走出這片社區，我就已經能夠聽見警車的鳴笛作響，「繼續走，不要回頭」我在腦子裡不斷對自己重覆命令著。穿越別人家開放的後院、跨過小規模的溫室以及一小段造景用的針葉林，我把原本包裹成一團的頭套、口罩、手套、鞋套還有防塵衣亂序丟棄在林間的各處，在蜿蜒的路線當中，我至少行走了超過三公里才找到一處公車站。

其後的整個下午，我在不同線路的公車與地下鐵之間兜兜轉轉，完全沒有明確的目的地，直到我進入了市中心，我才透過電子郵件將事情的前因後果報告給敏敏知道，待她瞭解了整個狀況之後，敏敏指示我現在馬上回到住處，她會繼續透過她的情報網掌握進度，畢竟在那樣的社區，很可能到處都裝設有隱藏監視器，因此等我到家，無論如何都要做好隨時能夠遠走高飛的準備。

沒問題，我一向都是準備好的。

行李箱與背包就在門口，整個晚上，我一直在等候敏敏聯繫我，告知我後續的安排，同時，我也不斷在手機上瀏覽地方新聞。

終於，在午夜整點時，我的手機響了，是敏敏親自打電話給我，接起電話，我在第一時間沒有發出聲音，靜靜準備由敏敏率先開口：

「沒事了。」

坦白說，我沒料到是這樣的答案，為了確定沒有其他的但書，我明確地追問：

「這是代表我不用移動的意思？」

「嗯。」嘆著氣，敏敏反而向我道歉：「真的很對不起，我應該對那女人做更詳盡的背景調查，如果我知道她的情況的話，我絕對不會承接這樣的案子，以至於給你造成這麼大的困擾。」

「關於她，妳後來掌握到了什麼樣的發展？」

敏敏：「她留下了明確的自殺錄音，而且死亡時間與報案時間相當接近，警方並沒有朝其他的方向展開調查。就算他們想查，你也沒留下毛髮、皮屑、指紋、鞋印等等，你的處置正確又謹慎。」

「或許這聽起來很歇斯底里，不過……」我再度確認：「我真的沒事了嗎？」

敏敏：「就案件上而言，我可以確定你是絕對安全了。不過根據你告訴我的具體經過，我擔心的是你的精神狀態。」

「那麼妳認為呢？當時算是我殺了她嗎？」

敏敏：「不，我依舊將其定調為那個女人的死屬於自殺。這並不是在安慰你。」

「嗯……」

「嘖，可惡，我到現在還在氣我自己沒有保障好你的安全。」敏敏說：「洛伊，要是你需要任何協助的話，儘管交代我，因為這是我的責任。尤其這起事件的特殊性，它所需要承受的心理壓力跟其他平常的個案徹底不一樣，我完全清楚這一點。」

「謝謝妳的關心，我想……我確實需要一點時間調適，我可以暫時一個禮拜都先不接工作嗎？」

敏敏：「不如兩個禮拜吧，到處走走、在五星級旅館過夜、去海生館參觀、吃頓大餐……或者去做任何你平時不會做的活動，總之只要能夠轉移你的注意力都好。」

「謝謝，我會再考慮看看。」

「我記得在你住的地方附近有間全年無休的藥局，」敏敏提議道：「去買點免處方箋的開架安眠藥，那對你今晚會有幫助。」

「好的。」

敏敏：「晚安。」

「晚安。」

儘管如此，我卻依然沒有如釋重負的感覺，直到現在我依舊感到不安，也許這是出自於觸及我道德底線而引起的罪惡感？除了那個女人——余安——之外，我更在乎的是她的孩子。

總之，我採取了敏敏的建議，但我不是前往藥局，而是在便利商店買了一瓶伏特加，平常沒有喝酒習慣的我，一口氣就喝掉了半瓶，果然很快地，我就被高濃度的酒精給撂倒了，但那偏偏又好像不是真正的入眠，倒在地上的我只是感到全身麻痺、動彈不得，過往的回憶、當下的感覺、對於未來的猜測……全都混淆在一起，彷彿我的這一生被剪接成雜亂無章的蒙太奇，即使閉上了眼睛也無法阻止它的播放，而在那強烈的無力感之中，我所殘存的體悟就是無盡的孤寂……

我羨慕我曾經負責過的客戶們，同時，我也對他們深深嫉妒，因為在亂序的時空當中我預見了我的未來⋯直到最後，我將一個人獨自死去，在我的身旁一個人也沒有。我並不滿足於另一個接受我特殊委託的清潔顧問，我真正奢望的是一個我認識許久、能夠深刻信任的友人在我瀕臨死亡的倒數前待在我的身旁，一遍又一遍地承諾著我，那溫柔又真摯的聲音將會在我耳邊輕輕低語說：

「放心，一切都會沒事。」

等我再次睜眼時，天已經亮了，正確來說我其實是被門鈴聲給喚醒的，直接睡在硬質的地板上使我的全身骨架痠痛不已，但一意識到有可能是前來盤問的警方，我便立刻以最快的速度起身，並湊到門口的電眼觀察走廊上的情況，所幸，那只是高橋。我打開房門：

「妳好，請問有什麼事嗎？」

「我想這問題應該由我來問才對，」她雙手抱胸、表情盡顯憂慮⋯「你還好嗎？」

「我想我沒事。為什麼這麼問？」

高橋：「因為在半夜的時候，我聽見你的房裡傳來了尖叫聲……」

多麼不好意思，我坦承：「也許是因為我睡前喝了點酒的關係，所以做了惡夢。」

高橋：「嗯。不過尖叫聲只有幾陣而已，接下來我聽到的……是你的嚎啕大哭。」

「我完全不曉得我會有那樣的反應，打擾到妳，我真的感到十分抱歉。」

「沒有那麼嚴重，所以我才想說等到天亮再來探望你的情況。」隨後，高橋注意到了我的行李以及我實際上穿了一整天根本都還沒換下的西裝：「你要出遠門嗎？」

「不，原本是要出差，但經紀人臨時通知我取消了，並且放我兩個禮拜的假。」

高橋：「那麼你想要一起出門吃個早餐嗎？也許我們還可以到中央蔬果市場逛逛？當然，如果你不想的話也可以不必勉強。」

「好的，我想去。」因為我已經有一整天都沒吃東西，於是我交代著高橋：「給我十五分鐘的時間好嗎？我想要洗個澡、換套便服，等我準備好了我會再去敲妳的房門？」

高橋：「沒問題。」

暫時支開她後……好了，直到這一刻，我才有種時間繼續流動的感覺。

提著外帶的咖啡杯，我與高橋在蔬果市場的外圍漫步，雖然來往車流絡繹不絕、零售走道人聲鼎沸，不過我始終有種難以言喻的抽離感。買完一些水果之後，高橋帶著我走向運河步道：

「好了，到底發生什麼事？」

「關於哪方面？」

高橋：「我是指你的惡夢，你夢見什麼了？」

「我記不太清楚了，全都只是零星的片段，有些還只是抽象的體驗而已。」

高橋：「就算是片段也行，聊聊你記得的部分吧。」

「我……夢見……我困在一個永遠走不出的空間，那是一棟只有充斥著昏暗藍光的奇異建築，雖然有窗戶，但就算我從窗戶爬出去，我只會進入另一個格局幾乎一模一樣的空間，那裡頭的結構呈現超現實表現主義的風格，正如同艾雪（Maurits Cornelis Escher）的名畫〈相對論〉（Relativity）一樣，我只能在無盡蜿蜒、重力錯亂的樓梯間不斷往下走。而就在這個過程中，我的身體迅速老化，視線變得模糊，十指萎縮且變形，每往下再跨出一個台階對我的膝蓋都是沉重的負荷，隨著越來越嚴重的暈眩以及呼吸困難，我知道我就快死了，於是就在一個踉蹌中，我滾下了樓梯，全身劇痛無比，這時我才發現我的手機在剛才的翻滾中被甩了出來，於是我狼狽地爬向它，趕在我完全斷氣之前，我想要打給一個人。」

高橋：「誰？」

「我自己。」搔著眉角，我補充道：「嚴格說來是還在年輕時期、正在擔任清潔顧問的我自己。」

高橋：「為什麼？」

「我不曉得，當下的我只有一個念頭：『我不想一個人死去』，但我想不到還有誰可以求助，所以另一個我現身了，就在我虛弱到連一句完整的話都很難說完的地步，現身在我面前的另一個我謹慎地將我扶正，讓我至少能夠在階梯上維持好穩定的坐姿。接著，他與我並肩而坐，一手溫柔地拍打我的背部，就像母親安撫自己的孩子那樣，而另一手則掏出了一把手槍抵住了我的腦門，在我向他道謝之後，他扣下了扳機，結束了我的生命。」

高橋：「天啊……」

「但這還沒結束，當年邁的我一死，我的主觀意識就切換到那個開槍的自己身上，這時，每座樓梯都有面容扭曲的人接二連三地出現，並且指責我是殺人兇手，紛紛圍上前來想要追捕我，於是為了逃避追緝，我只好不斷地往上爬。還記得那些原本錯綜複雜的樓梯嗎？突然間，它們改變了排列，陸續組合成一條單向而高聳的長階，我只能不停往前跑，我跑得滿身是汗、氣喘連連，但是只要我稍微慢下腳步，我就能聽見從身後傳來的叫囂。終於，不知跑了多久，我總算在階梯的盡頭看見了一道碩大的門，無從選擇的我只能用盡餘力撞開它。」

高橋：「然後呢？」

「那扇門後……是一棟木造的小屋，一隻拉不拉多上前熱烈地歡迎我，在這間屋子裡到處都有溫暖的照明，書架上擺滿了每一本我曾看過的書，客廳裡有台大電視，靠牆的展示櫃中全是我在幼年時期買不起的微縮模型。我可以聞到食物的香味從廚房傳出，有個女人呼喚了我的名字，她叮嚀著我：先去稍作盥洗、晚餐很快就準備好了，那聲音聽起來和善、親切，卻也令我同時感到熟悉又陌生，因此我想直接走進廚房看清她的模樣，然而，她僅始終背對著我，專心攪拌燉鍋裡的濃湯，彷佛日常的打招呼，她問我：『你今天過得怎樣？』我如實回答：『很糟，我殺死了另一個年老的自己，因為他實在太孤獨了。』接著她輕輕地對我說：『至少你幫他解脫了，我們的人生大部分時間都是孤獨的。』無來由地，我感到特別難過，於是我拉開餐桌旁的椅子坐下，忍不住哭了起來。看見我反應如此，她趕緊從身後抱住我，並在我的耳邊不停安撫著我，但，正由於她是如此地溫柔，我反而更難控制自己壓抑不住的情緒，放聲哭得更加哀慟……」結束完對夢境的描述，我也抽離了自己的情緒：

「我猜，那正是妳在半夜聽見我哭泣的原因。」

聽完之後，高橋臉色凝重：「洛伊，我不知道該怎麼對你說……雖然我與你認識的時間不長，但幾乎我每次遇見你，你的狀況都很差。我可以肯定你對此完全沒有自覺，你的生活中應該也沒有人會主動向你提起這件事。」

「但至少我還能維持生理機能，而且我沒有耽誤我的工作。」

「可是人生不應該只有如此。」高橋：「我並不是在對你說教，只是，我希望你可以想想：在需要與必要之外，有什麼是你真正想要的？」

「我不知道……我的腦子一片空白。」事實上，我並不確定我自己是否真的什麼都想不到，如果真要捫心自問的話，我內心的空虛全肇因於數年來我已經做了太多的練習與實踐，我不斷割捨自己冗餘的情感、剔除大多數的慾望，其中最關鍵的核心就是我放棄了對大部分事物的興趣。

高橋：「在你夢中的那個女人，她給你的感覺是像情人嗎？」

「情人、母親、手足、朋友……似乎全部都有。」

高橋：「而當你被她安慰的時候，你感覺好嗎？」

「很放心，」我說：「只不過，我很快就意識到那只不過是個夢，我在現實裡不可能有這樣的機會。」

高橋：「你認為我是你的朋友嗎？」

「我……不想給妳帶來困擾。」

「什麼困擾？」隨後，高橋正面走近我，她踮起腳尖、張臂將我抱住，並且在我的耳邊說：

「不用擔心，一切都會沒事。」

照理說，面對這份友善的關懷我應該感到平靜，但事實卻有些相反，在那當下，我心裡油然升起無以名狀的恐慌，我害怕她的觸碰，我害怕她對我的認識並不完全，以至於在未來的某一天她將付出慘痛的代價。對於主動尋死的人，我是他們眼中的解脫者、送行者、見證者……一個精神層面的救生員，然而之於平常人，我相信我仍是一個帶來不幸的死神。

我始終不清楚高橋主動關心我的動機到底是什麼，若從一個卑鄙的角度思考：也許這單純就只是她妄想滿足自己救贖慾的表現罷了？

無論如何，高橋對我說的話……就和那夢中的女人對我進行安撫時所重覆的句子一模一樣，一字不差。這不禁令我聯想起我與佩德羅曾有過的那段交談，昨天的案子還在我腦中迴盪著如同核爆一般的餘震，我沒有聽從我的直覺當場推掉委託，回想起來，那就是所謂的「前兆」。現在，高橋主動關心我、將我如摯友般對待，我的直覺告訴我：這將會是第二個令我難以抽身的前兆。

「怎樣？感覺好多了嗎？」高橋問。

「謝謝，我已經感覺好一點了。」我說謊了。

接下來我有將近兩週的空白時間，敏敏建議我做些轉移我注意力的事，這可能會對我現在的狀態很有幫助，可是思來想去，我平時根本沒有任何的休閒，我能夠想到的依舊是清潔。我在網路上買了新的透明隔離衣，也到成衣批發商場買了一套新的廉價西裝，除此，我還向一處私營的流浪狗救援中心申請了短期的志工。

即使是第一次見面，所有的狗都對我很好，我並不怕髒，也不排斥裡頭的臭味，因此我在短時間內就學會了救援中心的基本日常流程，打掃環境、定期消毒、更換飲水、補充飼料、根據排班表放狗群出籠曬太陽……

在這裡工作必須要有完全不一樣的心理建設，首先就是得有「我不是來陪狗玩」的認知，志工是來盡可能協助機構人員照顧狗兒的，這並不是那類可愛的寵物咖啡廳，會被救援到這裡的狗大部分狀態都不好，牠們可能罹有各類的疾病，也可能是其他的生理機能不全，眼盲、耳聾、因車禍而造成癱瘓與斷肢……年邁到無法正常行走，連進食與排泄都無法自制，有些則是遭遇過嚴重的虐待，因此在性格上變得異常膽怯或者攻擊性強烈。幾乎每一天，園區內都會發生不一樣的狀況，但實質上大多都會走向同一個結果：與救援中心有合作的獸醫前來進行義診，經過一番檢查，最後斷定安樂死也許才是對病入膏肓的犬隻們最好的辦法。無論相處時間是長是短，這個過程總是令現場的所有工作人員感到沮喪，他們始終難以習慣，這也是為什麼員工的流動率很高，每歷經一次的死亡這都會讓他們的精神內耗變得更嚴重一些，直到他們再也無法面對。

狗沒得選擇。

自然死、安樂死，然後又有新的狗被帶進園區接受照護，這就是救援中心的每日常態，彷彿看不見盡頭的循環。基於前述的理由，大多不會有人願意領養這些狗，於是救援中心便成了牠們生命的最後一站。

狗一生都沒有需要打包的行李。

在一次打掃結束後，我偶然看見一隻只有三條腿的傑克羅素窩在自己的狗籠裡瑟縮著，因此我打開了透明的壓克力門坐了進去，起初牠對我狂吠不止，甚至上前咬住了我的手，一度將我的手掌啃到破皮流血。即使這樣，我依然沒任何的反應，不久後，牠似乎完全改變了個性，不僅面露歉意地舔著我的傷口，還主動躲進我盤坐的雙腿中。

後續，在一名行政人員「凱特」替我的手掌進行簡單的包紮時，她對於那隻傑克羅素願意與我親近這件事情感到非常不可思議。她解釋著：約莫在一年前牠被救援的當下，牠的一隻腳被捕獸夾鉗斷，外露的斷骨與細菌感染致使獸醫不得不替牠截肢，而從那之後牠的性格就十分不穩，除了對狗籠的領地意識很嚴重、會主動攻擊其他的工作人員之外，有時牠也會出現自殘行為，然而這是她第一次見到這隻傑克羅素主動靠近一個來中心幫忙還未滿一個禮拜的陌生志工。

凱特繼續解釋：以往每條進入救援中心的狗在建檔之後都會被賦予一個名字，它們大多都會喻涵正面、積極且健康的內容，例如：「陽光」、「天使」、「榔頭」、「軟糖」、「滑板」、「中士」等等，依照天性，只要反覆對一隻狗呼叫同一個名詞，時間久了牠們就會認知到那是牠們的名字，然而這條傑克羅素似乎對於「滑翔」一點興趣都沒有，牠從來沒對這命名產生過反應。

我細想一陣，緩緩回答道：「也許『滑翔』只是一個延緩下墜的過程，牠覺得自己應該飛得更高？」

凱特：「如果是這樣的話，你會幫牠取什麼名字呢？」

「『衛星』。」

凱特：「為什麼取這名字？」

「因為我希望有牠的陪伴跟環繞。」

聽懂寓意的凱特點點頭：「這名字聽起來好多了，我想要直接在登錄系統上換成這個新名字。」

「妳可以那麼做嗎？」我問：「我以為所有的狗都必須在確定被領養之後才能依飼主要求進行改名。」

「其實沒有這樣的硬性規定，」凱特：「又或者，你想領養牠呢？」

「我必須時常搬家。」

凱特：「沒關係，我也只是順口問問，你不需要有壓力。總之，光是你能夠讓牠對人敞開心胸，那就已經很不容易。很多時候，所謂的關係建立本來就不是單靠努力就能達成，它也很講求正確的時間、地點和對象，儘管你申請的是短期志工，不過，請別讓這樣的機會白費。」

「嗯，我知道。」

接下來的幾天，我都照常往返於救援中心幫忙，手上的傷雖然有些刺痛，尤其是當我必須碰水、抓握及搬運的時候，不過這都沒有妨礙我的工作，也不阻止我繼續與改名的衛星交流，牠日漸變得活潑起來，除了與我更加熟悉，在放風時段牠也願意與其他的狗進行互動。

坦白說，牠讓我認真考慮起領養這件事，假使我真的這麼做了，那麼我最好找一個能夠長期定居的房子，然後，我將會添購更多的寵物用品，牽繩、背心、項圈、飼料、潔牙骨、水碗、拾糞袋、尿布墊、濕紙巾、臥墊、針梳、布玩具……這同時也就意味著我將擁有羈絆。原本我以為僅剩我一人倖存的家族裡將對多出一名成員，可是這樣的承諾可能最多也僅有十五年左右的保障，未來的某一天，我終將得收拾牠的一切，又一盒紙箱、又一場喪禮、又一瓶骨灰……

狗所能留下的遺產就是曾與之生活過的回憶。

在某些我與衛星能夠獨處的場合，我曾向牠說出我的真名、我的工作內容，以及其他的事：

「沒有人可以永遠地擁有一件東西，就連組成我們身體的每個原子都只是從宇宙裡短暫借用而已，所以就更別提會涉及到其他人的特定事物了。不管是出於自願或不得已，當人們要離開你的時候，你是留不住他們的，『分別』這種事只要單方面就能決定，那麼人際關係重要嗎？」

衛星沒有回答。

「我想這就是我最偏執的地方：既然認知到我無法永久擁有，我就會相當顧忌任何與人深交的機會，只要我在一開始就主動迴避，那麼我就不用負擔失去的風險跟無奈。衛星，如果你聽得懂的話，我相信你應該也會有差不多的感觸，你見過你的家人嗎？你還記得牠們嗎？你是自願流浪的嗎？你的傷還痛嗎？你想念你的斷肢嗎？……這一切明明不是你的錯，你的心裡會充滿疑問與怨恨嗎？」

衛星沒有回答。

「我可以明白為什麼你會自殘、你會咬傷我、你會拒人於千里之外……可是我並不明白，為什麼轉眼間你就變得願意親近我呢？你選擇這麼做的理由是什麼？你知道我其實與你相處的時間並不會太長，對吧？」

也許是我使用了太多的疑問句，連續上揚的尾音讓衛星充滿困惑，牠來回歪著頭、認真地盯著我，卻始終沒法給我任何答案。

「又或者說，無論是你還是高橋，你們都是要我留下來、停止四處漂泊的前兆？

但……我真的很不希望你們都只是我生命中階段性的過程，這就是我內心最大的秘密。你一定覺得很矛盾，既然我如此排斥又厭倦，為什麼我還繼續做著替人收拾善後、從旁陪伴他們離開的工作？只要我的念頭一轉，其實我還是可以有其他選擇，就跟你一樣，對吧？」

衛星沒有任何的回答。

「可是反過來說，我缺乏明確生存目的，尤其按照我剛才對你說的那套邏輯，『反正每個人終究都會死，那麼還不如一開始就不曾活過』這種命題在我的價值觀裡也是可以成立的。所以，任何靠近我的人同樣必須承擔著我隨時都可能會轉身離去的風險，我並不是高估了自己的存在價值，而是指那些真的願意讓我走進他們生命的人。對於失去的恐懼、對於令他人失望的擔憂、對於感受不到重量而磨滅自信的自己……猶豫不決、毫無進展、難以突破，我既不算真正活在當下，也沒設想具體目標的未來，只是敷衍地度過生命中剩餘的每一天。對……其實我沒有麻木到那種程度，我很清楚自己這樣的狀態已經持續好幾年。像我這樣的人，你還願意跟我做朋友嗎？」

衛星沒有任何回答，但，或許牠還是能夠從我的語氣中感受到我的情緒，於是牠用牠的鼻頭頂弄著我的手掌，要我撫摸牠的頭，我想……這應該就是牠用來回答我一切問題的表達方式吧。

「謝謝。」我說：「但如果高橋知道我的工作內容，她一定會被我給嚇壞了吧？」

狗不會對我做出任何的批評。

在我擔任志工的最後一天，我匯了一筆捐款給這間救援中心，並且告訴凱特：日後如果有時間，我還會再過來幫忙，在此期間，麻煩替我多看顧一下衛星，也許在未來的某一天，當我把生活給安定下來，屆時我將帶著衛星，跟著我一起回到永久的住家，一切都會像房地產廣告看板呈現的那樣完美。

之後，我回到了線上，繼續扮演那些將死之人生命中的最後一名朋友，並且替他們處理掉承載他們人生的各種廢棄物。

第六章

畢竟就住在隔壁，我偶爾不免仍會碰見高橋，她後來找到了一份在大學擔任專案助理的工作。根據她所抱怨：由於是人文學科，各項雜支根本不多，然而她卻總得想辦法幫教授們以合理的名目消耗掉專案的預算，因此她能想到最好的辦法就是安排更多的調查行程，交通費、伙食費、住宿費、餐飲費……這些並沒有一定的價格標準，尤其是採訪的諮詢費，只要她能夠提供出最低限度的口頭訪談資料，在會計的帳目上一切就會是正常的。

聽起來，高橋正利用公費從事著屬於她自己的調查，她沒告訴我她的調查題目是什麼，我便沒再多問。

於此期間，我在工作之餘都會去探望衛星，只要有與牠互動，當晚我就能夠輕易入睡，多麼不可思議的生物安眠藥。

這幾個月以來，我發現自己正在建立一個新的平衡……直到我遇上了一件怪事。

某天夜裡，我依照委託上的地址來到指定地點，那並不是私有的民宅，而是一處位於市郊外的汽車旅館，這在以往不是從來沒有發生過，只是相對罕見，因為大部分願意尋求清潔顧問的客戶們都會對於結束自己生命的地點相當講究，他們通常都會盡可能地避免製造別人的困擾，所以他們才會需要有人協助他們清理住處，並在事後通報親友或官方前來替他們的遺體善後，又或者前往人跡罕見之地執行他們的計畫。

但汽車旅館……不用我多加說明，任何稍微有點社會常識的人都知道這並不是一個最明智的選項。

我看著手機上的資訊來到了房門前，按照館方的安排，每間旅館的正門都會設置一處號碼相對應的停車位，既然在車格上已有一輛白色的豐田 Altis 停放在那，因此我想委託人應該早就已經到了。

截至目前為止，一切都很正常，站在門口，我按下門鈴，說明我的身分與來意，然而房內卻一點動靜也沒有，從門板下方的縫隙來看，室內完全沒有開燈。因此，我改用敲門的方式呼喚，沒想到就這麼一敲，那扇門就這樣被我推開了，按照一般旅館通用的房門設計，這顯得完全不符常態，於是我仔細看了一眼：原來門閂的孔洞被塞了一團衛生紙，進而導致房門在關閉時沒能自動上鎖。

諸多疑問源源不絕地從我的腦海中冒出，我按下牆邊的主開關，檯燈、床頭燈、浴室燈接連亮起，這下我暫且知道發生了什麼事：這位委託人並沒有等到我抵達旅館之前就先行自殺了。

委託人是一名青年，使用的名字是「盧卡斯」，看起來約莫是大學生的年紀，他用透明塑膠袋罩住了自己的頭部，接著使用封箱膠帶把自己的脖子纏緊，為免自己缺氧過於痛苦而掙扎地撕破塑膠袋，他其實在塑膠袋上扎破了兩個小洞，一個用來換氣，一個用來銜接軟管，至於軟管的另一頭則是在派對商店裡就能買到的氦氣鋼瓶，藉由攝取過量的惰性氣體，他可以在極短的時間內就失去意識，進而提高窒息率。

截至目前為止，看起來都很合理，直到我走向那管氦氣鋼瓶，我注意到它的閥鈕被關上了……

「這房間裡還曾經有過第二個人，或者更多。」我馬上意識到這件事：「至少我不是盧卡斯的最後一名目擊者，填充門閂孔洞的應該也是那身分不明的陌生人，這意圖是什麼？對方報警了嗎？我還有多少時間？」

我決定不再多做停留，轉身背對著已毫無生命跡象的盧卡斯，我快步從門口離開，然而就在這時，房門口的那輛豐田 Altis 已然消失，一陣刺耳的緊急剎車聲從汽車旅館的出入口傳來，我追上前去查看，正是那輛豐田 Altis，顯然打從一開始就有人一直躲在那台車上，無論那是不是盧卡斯的車，裡頭的駕駛在他死亡之後沒有馬上離開，而是在原地繼續等候，為什麼？是為了等我？以確定盧卡斯的屍體有被人發現？還是說……盧卡斯其實是死於謀殺？

事出突然，我沒能記下那輛 Altis 的車牌號碼，為免引起更多不必要的麻煩，趁著夜色，我避開稀疏的路燈在道路邊緣上徒步行走，幸好我在出勤時一向穿著黑色的西裝，過程中若有其他的車子經過，我便會就近躲入草叢，以免被行車紀錄器拍到。

這不禁讓我聯想到「上一次」的經驗，甚至，我覺得更糟。

我走了好幾個小時才從郊外進入到有計程車可以招呼的市區，回到住處之後，我趕緊將這整個過程編輯成一份完整的報告寄給敏敏，毫無意外，敏敏也瞭解了當中的嚴重性，於是她立即以電話聯繫我：

「你現在還好嗎？」

「我不確定，整個過程都太過詭異。」

敏敏：「以防重蹈覆轍，我核實過這名『盧卡斯』的背景，他的名下沒有任何車輛，同時，他也沒有駕照，所以那台 Altis 應該不是他租的車。」

「那麼委託案的轉帳紀錄呢？確定是他本人的帳戶？」

敏敏：「是他自己的沒錯。」

「所以我們暫時可以排除有目的性的他殺與嫁禍？」

「如果是那樣的話，相信我，我的客戶不會用這麼拐彎抹角的方式跟我說，你自己也曾經手過幾宗這種清掃的案子，你應該很清楚。」

「沒錯，但我依舊想不通……」

敏敏：「讓我稍微整理一下：有人知道了他的計畫，並且開著車到了旅館與他會合，這個人不僅參與了盧卡斯的自殺，並且還在原地等待你的出現。」

「我也是這麼推理的。」

敏敏：「那麼關鍵就在於盧卡斯把這件事情洩漏給誰知道。」

「以及『為什麼他會想要對別人分享這件事？』」我說：「畢竟從心理層面上，這種決定對於企圖自殺的人應該更為私密才對。」

「那倒不一定……」敏敏的語氣頓時出現了明顯的保留。

「什麼意思？」

「洛伊，你有想過為什麼我能一直派發這類的特殊委託給你嗎？市場需求是一回事，但他們究竟是從哪裡知道我們有在提供這種服務的？」敏敏：「我們的客戶可從來不會像是在旅遊網站上一樣留下五星好評或者鉅細靡遺地寫出一篇文章抱怨整個體驗有多糟，你知道我的意思嗎？」

「知道。」我回答：「而我從來不過問。」

敏敏：「再給我一點時間，我會去調查清楚那個神秘人是誰，如果有機會的話，我也會問清他的意圖……你會感興趣嗎？」

「如果詳情值得我感興趣的話。」

「好的，聽起來很實際。」敏敏：「在此期間，一切繼續維持正常，可以嗎？」

「可以。」

「那就好，晚安。」敏敏掛斷了電話。

從那晚之後，我盡可能讓自己的生活習慣照舊，然而一想到那個身分不明的神秘人曾見過我的樣子，我便覺得不管到哪裡都不安全，自助洗衣店、餐廳、超市、地鐵站、流浪狗救援中心……除卻工作之外，我的生活路線過分規律，我時刻都在注意每個與我交錯而過的人，那可能是公車司機、服務生、快遞員、銀行經理、建築工……我不知道此人的性別、年齡、外貌與動機，不過對方卻知道我的。

我不認為我有到疑神疑鬼的地步，只不過每次在接手清潔委託的前後，我都會特別留意周圍的環境是否有任何不對勁的地方，即使我回到了住處我也不覺得安全，因此我開始將那把戴爾曾贈予我的 M1911 隨時擺在伸手可及之處。

我有預感：這個人一定還會再次出現。

一個月後，「諾曼」證實了我的預感。這宗委託的碰面地點選在假日酒店的商務套房，當我抵達時，房門根本沒關，於是我敲門作為示意之後便自行走了進去，那房間的格局並不大，一眼就能掃遍環境，這次，我在液晶電視的螢幕上看見了一張便條紙，上面寫著：

你並沒有完成你的工作，就跟盧卡斯與我一樣。

這讓我當下就意識到發生了什麼事，在這間單人房裡，床墊邊角留有坐過的皺褶，書桌前的椅子也被轉向，從這兩者的相對位置來看，房內曾有兩人，而他們似乎在此曾進行過了一段交談，其中一人是盯上我的神秘人，而另一位理所當然就是我的委託人諾曼，只不過我在此並沒見到他的蹤影，那麼很顯然地，他也只會出現在一個地方。

進入浴室，我看見穿著西裝的諾曼躺在水位恰好瀕臨表面張力最大值的浴缸裡，仍冒著些許蒸氣的熱水已經被他的鮮血染紅，仔細探究的話，他雙掌掌心朝上，露出的兩腕都有深刻的割痕，我不認為他在傷及一手的肌腱之後還有足夠的力氣再持利刃去劃開自己的另一隻手，加上這控制得剛剛好的水面高度……

直覺告訴我：神秘人還沒走遠，對方很有可能仍在這棟酒店裡的某處埋伏觀察我。與上次能夠馬上果斷撤離不同，當下，我的處境進退兩難，在原本的計畫中，我早就顧慮到假日酒店內到處都裝設有監視器，因此我打算在完成工作後於房內多待幾個小時，之後再換裝離開。可是現在，由於那傢伙已經掌握到我會出現在這房裡的準確時間，所以他說不定在幾分鐘前就已經報了警，也說不定他另外訂了一個房間，隨便以內線捏造一個「我聽到有間客房傳出奇怪的聲音」之類的理由通知櫃檯派人查看。我在這裡每多滯留一秒鐘，曝光的風險也就會跟著升高一分，但倘若我倉促走人，這便給了對方鎖定我的機會。

盯著床頭櫃上的電子鐘，我一邊注意著走廊的動靜，一邊掏出電話撥給敏敏，在第一陣鈴響都還沒完全結束，她就接起了電話：

「喂，發生什麼事？」

「客戶在我抵達之前就死了，是上次我曾提過的那名神秘人。」

敏敏：「你確定嗎？」

「根據他留下的紙條，對，我很確定。而且我強烈懷疑他還在這裡。」

電話那頭傳來了敏敏拎起鑰匙的聲音：「我現在就趕過去，但恐怕需要三十至四十分鐘。」

「我正在密切注意有沒有警察或保安出現的動靜。」

敏敏：「如果有的話，不要猶豫，馬上閃人，會合地點就在我們最後一次碰面的地方。」

「好的，我還記得。」

敏敏：「保持警惕，別掛斷電話，有狀況隨時向我更新。」

「明白。」

於是，我站在套房的正中央、一動也不動，這一幕看起來正彷彿我踩中了一顆經過改造的精緻地雷，不只對壓力敏感，同時它在X軸與Y軸上還設有水平儀，我根本無法靠自己的能耐排除，而身任拆彈小組的敏敏卻至少還需要半個多小時才能趕來。

看著貼在電視上的那張便條紙，我開始回想自己曾經接手過的每個案子，它提到我沒完成自己的工作，莫非我曾對哪位客戶失職？無數個名字和與之匹對的死狀在我腦海裡快速重播，但無論我怎麼回溯，我非常肯定自己在每次的委託中都有好好確認客戶已經徹底死絕才離開，可是以當前的發展看來，這似乎已經演變成了私人恩怨的報復，還是說……

「敏敏？」

「怎麼了？」

「沒事……我只是想要確認妳還在線上。」

敏敏：「我戴了無線耳機，它有降噪的功能，所以你那邊才會聽起來這麼安靜。」

「原來如此。」

「目前路況還不錯，」敏敏說：「說不定我會提早抵達。」

「很好。我這邊目前還沒有任何動靜。」

事實上，我剛才呼叫敏敏是為了想要向她求證我的另一則推理，只不過我快速反省了一下，中途決定把這問題收回，我懷疑著：「說不定不是『報復』，而是『競爭』？」畢竟如果仔細去思考的話，就算盧卡斯與現在正躺在浴缸裡的諾曼主動對神秘人公佈了自殺計畫，但他們根本無從保證敏敏會派來的清潔顧問是誰，唯一能夠掌握這資訊的就只有身為仲介的敏敏而已。我不認為是敏敏設套陷害了我，如果她真的要毀滅我的話，她大可用更直接的方法令我曝光，同時她也沒有合理的動機。於是，剩下的可能性就是她的排班表已遭有心人士駭取，不管那是她同行的競爭對手或者其他替她做事的員工。

至於我及時停問也是回到同樣的問題：這兩起事件對我個人的針對性太明顯，如果委託內容是從敏敏那端外洩，那麼她手下的其他清潔顧問應該也會遭遇相同的情況，然而根據敏敏的態度判斷，這樣的假設並沒發生，所以關鍵仍是出在我的身上。

除此，那張便條紙還可以解讀出一個重要內容：對方只有一個人。

手機上的通話時間剛好可以用來當作計時器，我已待在原地二十八分鐘，這時，敏敏呼叫我：

「洛伊，我到了。但我想要在這周圍繞一圈，看看能不能找到你曾見過的那輛Altis。如果你有攜帶備用的衣服，你現在可以開始換裝了。」

「收到。」

於是我以最快的速度褪下全身的隔離裝備以及出勤用的西裝，並從手提工具包內取出便服穿上。

「該死，」敏敏向我報告著：「我沒看見Altis，不排除這傢伙換了別輛車的可能，天曉得他有多狡猾。」

「而且時間已經過了這麼久，我也不見保安或警察的出現。」

「看來他終究是想要單獨行動。」敏敏：「聽著，我現在會走到旅館門口外的吸菸區抽菸，藉此觀察是否有可疑人物在大廳逗留，而你現在馬上就離開房間，別走逃生門，以免觸動無聲警鈴，直接搭電梯下來從正門離開就好。」

「好的。」

依照指示，現在連手套都沒戴的我，連房門的門把都沒能拉上，我一路走向電梯，假裝瀏覽著網路訊息、低頭避開了監視器，同時也用手機的邊角代替手指去按壓電梯鈕，因為這算是命案現場，我亦須顧慮警方的鑑識小組會循跡挖掘出我的身分。

在下樓的途中十分順利，沒有其他的房客在途中進入電梯，來到一樓之後，我繼續維持著注視手機螢幕的低調姿態穿越大廳、順著旋轉門離開了旅館，從眼角可瞥見的範圍，我的確見到了敏敏在吸菸區的身影，繞過她之後，我才繼續詢問下一步該怎麼做：

「然後呢？」

敏敏：「繼續往前走，之後在街角攔下一輛計程車，我隨後會跟上。」

我依指示照做，稍微等了一陣子，終於有輛計程車看見我的招手而停下：

「我準備上車了。」

敏敏：「我沒看見有任何人從大廳尾隨你，但不排除他還在其他地方監視。」

上了車，我問：「我該去哪裡？」

「上高速公路直達市中心的聯合車站，」敏敏：「我也要回我的車上了。」

「收到。」

通知司機我的目的地之後，計程車隨之啟程，在平面道路上，各類車種來來往往，直到上了交流道，由於限速提高、路面寬敞加上方向單一，所以一口氣過濾了不少潛在目標，周圍的任何車子都能一覽無遺。其後，我經由照後鏡的角度注意到一輛灰藍色的福特皮卡一直跟在我的後面：

「敏敏，在我的五點鐘方向，外車道，大約六輛車距，妳有看見那輛灰藍色的皮卡嗎？」

敏敏：「別擔心，那是我。」

「好的。」

敏敏：「我沒看見其他可疑車輛。」

「我也是。」

一路抵達聯合車站之後，下了車，敏敏要我搭乘地鐵前往市立醫院，而那只有兩個站的距離，之後，她要我從四號出口出來，一看見她停在路邊的皮卡就直接上車。

總算，我與敏敏會合了，時隔多年再次見面，但我們卻沒心情寒暄，敏敏打起方向燈，從主要道路上迴轉，一路朝著我的住處駛去，行經一片幾乎沒有其他車流的金融區之後，敏敏才打開車窗、點起一支菸：

「安全了……暫時吧。這王八蛋在耍我們，他根本沒現身。」

事到如今，我只好拋出更早之前我就應該弄清的問題：「敏敏……這些特殊委託的客戶都是怎麼跟妳聯絡上的？」

抽著菸，灌入車內的微風吹動著敏敏的髮絲：「終於，你會問我這樣的問題了。」

「畢竟情況逐漸失控，已經連續兩次，那個神秘人都是衝著我來，要是我沒有更多的情報，我很難再去推理其他的可能性。」我說：「至少，妳不可能到處發名片，對吧？」

「你的要求很合理，我就從頭開始講起吧。」敏敏：「老實說，我的角色也是從另一個『敏敏』繼承而來的。在更早之前，我有過非常低潮的過去，從中學開始，我就嘗試自殺過三次，就在我成年離家後決心一勞永逸之際，我做了跟你以及大多客戶都會有的同樣選擇，我開始清空自己曾擁有過的所有東西，也就在個時候，我遇見了上一代敏敏，那時的她正是一名獨立作業的清潔顧問。」

「換句話說，這種特殊服務的存在可以追溯到更早之前？」

「根據她的說法，她的生涯跨度起碼超過了三十年，當初她入行時，同樣是繼承於另一名清潔顧問，因此難以保證這項職業到底在地下社會活躍了多久，正如我說過的：市場需求一直都存在，無論是在哪個年代。」在窗邊彈掉煙灰，敏敏繼續解釋：「總之，既然我還在這裡跟你講話，那麼你也知道我的自殺結果怎麼了。我跟著她學習了幾年，不僅擔任清潔顧問，也包含了如何與客戶接洽的加密流程，在當時，這類的特殊委託屬於一脈相承的師徒制，就好像每個絕地大師一次只能培養一個弟子一樣。然而也許是因為現代化社會的本質發生了文化基模上的扭曲，導致市場需求量來到前所未有的高峰，上一代敏敏年事已高，沒法再承接日益增長的接案數，於是她選擇退役、由我繼續接手，我不得不改變營運方針。」

「擴大經營？」

「是的，我打破了單一師徒制。」敏敏：「除了在面試時我會親自出馬之外，拜現在的科技所賜，我所有的營運網絡都能透過遠端指揮來完成，連帶擴張的還有強化的情報網，警局、醫院、銀行、殯儀館、營建公司、物流中心……到處都有我的人脈，除此，更有專職處理不同狀況與廢棄品的下游回收商，每個單位之間都實行了區隔化管理，唯一交集的節點就只有我一個人。」

「那麼我猜……妳現在的客戶也都是透過線上網路來與妳接觸，對吧？」

「幹……一點也沒錯。」吸完最後一口菸，敏敏把菸蒂彈出窗外，她洩氣地搥打了一下方向盤：「我真的很抱歉，歷經上一次的案件之後，其實我馬上就意識到這是整條產業鏈上最難以掌握的安全漏洞。」

「但這針對性太強了，對我。」

敏敏：「你提到這傢伙留下了字條，上面寫了什麼？」

「他說：我沒有完成上一次跟這一次的工作，包含他的案子在內。可是我完全想不起我有遺漏哪一個客戶。」

敏敏：「這的確不太可能，因為每次當你完成任務，我都會在幾天內從我的情報網上追加確認結果。」

「敏敏，如果妳不介意的話……目前妳手下一共有多少人在幫妳承接清潔顧問的派遣工作呢？我指的是涉及到這類『特殊委託』的。」

敏敏：「七個，以確保全年無休。」

「那麼我還有一個問題：假使我是一個客戶，我要怎樣才能聯絡得上妳？」

敏敏是個聰明人，她一下就瞭解了我的意圖：「親自深入調查會讓你的處境落得更加危險。」

「這的確造成了我的壓力，不過我同時得坦承：我隱隱約約相信這件事情將會為我帶來一點存在主義上的檢驗。」

「要是從這角度來看，那麼你很有可能扭曲自己的本質，」敏敏叮嚀著：「也許到最後你會發現：地獄並非他人。」

我聽懂敏敏的潛台詞：「沒關係，這充其量只不過是『零』與『負一』之間的差別，即便淪落到最糟的發展，我相信妳會成為我最好的清潔顧問。」

「好吧……」敏敏嘆了一口氣，她一副百般無奈的模樣。

敏敏多繞了一小段路才將我送回我所居住的公寓門外，恰巧，我又遇見了開門困難的高橋，她一個人提著三大盒的披薩、一桶烤雞翅、一袋甜甜圈，一面嘗試著從側背包裡翻找她的門禁卡，於是我主動幫了她的忙，用自己的鑰匙解鎖了大門。

看見是我，高橋露出微笑：「喔！謝謝，又讓你幫我開門了。」

我連帶替她接過披薩盒：「妳要開派對嗎？」

「不，這是研討會上沒吃完的外燴，我不想浪費食物。」走進電梯，高橋問：「你晚餐吃了嗎？」

「不，還沒，我才剛……我剛結束工作。」

高橋：「那麼你要來我房間幫忙分擔一部分嗎？可能有些冷掉，但我有微波爐。」

事實上，我也有事想要求助於她，因此我答應了高橋的邀約：「好的，但我仍需要回房間安置一下東西，隨後我再去敲妳的房門？」

高橋：「沒問題。」

我似乎養成了一種習慣：每當我完成了一件工作，回到住處的我無論如何都會先洗個澡，儘管我在作業現場全程都穿戴了隔離裝備也一樣，那就好像一種宣告正式結案的儀式。然而這一次我卻沒有將一連串的煩惱給洗掉，因為我根本沒有完成本來應由我經手的委託，這種懸而未解的感覺一直在我的心裡徘徊不散。

來到高橋的房間內，除了跟她一起吃她打包的食物，我也故作不經意地對她提起話題：

「妳有試過在網路上搜尋自己的資訊嗎？」

高橋：「說來有些不好意思，但我有。每個人都會吧？而且我的資料應該很好查，輸入我的名字，加上關鍵字『記者』、『報導』或『新聞』之類的。」

「但更私人的領域呢？妳有沒有在網路上搜尋自己的時候，發現自己不曾主動公佈的資訊曝光？例如生日、居住地址、電話等等？」

高橋：「有，這些外洩的途徑無所不在，可能來自於你以前學校的通訊錄，或者要申請某項服務時所填的表格，好比說醫院、監理站、求職履歷、訂票系統、網路購物等等，因此我連自己的身高、體重、三圍跟鞋碼都能在網路上被找到。」

「聽妳描述，一般人想要脫離這樣的監控幾乎不可能。」

「真的很難，」高橋：「在高度網路化的現代，個人隱私毫無保障可言，尤其大部分的財閥旗下都擁有各式各樣的產業，餐飲、服飾、營建、交通、金融、通訊、娛樂……當然，也包含新聞媒體，看似不同領域的公司，實際上都能追溯到同一個集團，因此無論如何，每個人的資料其實都成為了內網建構起的大數據之一。」

「妳在當記者時，也利用過這樣的系統蒐集過所需的資料？」

「嗯哼，這是業界常態。」高橋：「即便在檯面上意識型態完全不同的新聞社，它們私底下的數據庫卻是共享的，只要擁有相匹配的權限，後台的人工智慧就能幫我們透過整理並歸納好的關鍵字調閱出我們需要的訊息。」

「換句話說，只要擁有特定權限，藉由販售他人的個資而獲利的交易也是存在的，對吧？」

高橋點點頭，同時夾帶著不屑的哼笑：「你覺得呢？」

「妳調查過我嗎？」我追加補充道：「請別誤會，我只是單純想要知道我在網路上留過什麼樣的數位足跡，而顯然妳能夠做到的應該遠比普通的搜尋引擎還要多。」

高橋：「這是個有趣的問題……」

「通常這句話代表著肯定的意思。」

高橋：「不，我是指我曾有過這樣的念頭，但尷尬的地方在於：我從不知道你姓什麼。」

「『柯林』，我的全名是『洛伊．柯林』。」

高橋：「好的，洛伊．柯林。你要現在就來試試看嗎？」

「如果妳方便的話。」

高橋用溼紙巾將手指擦乾淨：「我沒問題，來吧。」

高橋挪來她的筆電，利用投射的功能將螢幕內容直接轉到電視上，如此一來也方便我與她並肩坐在沙發上時不必擠在一起盯著同一台電腦看。高橋首先輸入了我的全名，在短短的零點四秒內出現了將近兩千七百六十萬個搜尋結果，我們瀏覽了前幾頁、粗略看了一下找到的照片，那些全都不是我。高橋開始嘗試縮小範圍，她要我提供一些有關自己生平的關鍵字，好比待過的學校、任職過的公司，這下雖然有我的部分紀錄，但那也都是好幾年前的資訊，我並沒有留下任何的照片，於是我轉而提及了「死亡」，高橋聽見時雖有些遲疑，但她還是依舊連同我的名字組合輸入。

隨之，更新後的前幾項相關搜尋結果都是我家族過世的地方新聞，連同我在多年前於事發現場無意間被記者拍下的照片也躍然出現在螢幕上，高橋讀著那些新聞稿的內容，一副欲言又止的樣子。

我主動開口：「別在意，我記得跟妳說過，那全都早已過去了。」

「嗯……」高橋：「為什麼你會突然想要搜尋自己的資料呢？」

「說起來有點複雜，我在最近的工作上……遇到了惡意取消預約的客戶，已經連續發生了兩次，照理說派遣的具體內容只有我的經紀人知道，但這個匿名的客戶卻彷佛掌握了我的行程，所以我才想說是否能夠諮詢妳的經驗，看看如何從網路上做更進一步的搜索，查驗我的資料究竟是從哪裡洩漏的。」

當然，這番說詞也是經我大幅修飾的。

「原來如此。」高橋：「那麼剛才我們嘗試的組合大部分也是你多年前的紀錄，如果要得到更新的結果，不如我們試試看『清潔顧問』這名詞？」

「好的。」

儘管如此，搜尋引擎上同樣沒有顯示出滿足條件的結果，就算我們又嘗試「一日管家」、「到府打掃」、「回收」等字眼，依然沒有進一步的發現。最後，我終於向高橋建議：

「不如試試看『清潔顧問』加上『自殺』這樣的組合吧。」

高橋：「為什麼？」

「因為偶爾，我接到的客戶會是來自於自殺者遺族的委託，基於當事人隱私，就職業道德上我不會主動跟別人提及這件事。」再一次，這同樣是經我大幅稀釋的說詞。

高橋：「嗯，我可以明白。」

她沒有再多問，緊接著就照我的提議輸入了關鍵字，結果出現的網頁都是一些論壇的零星發文，而在這些回文的字句中，赫然夾帶著我的名字。

高橋低聲讀著那些片段：「『如果你擔心自己意志不堅的話，你可以尋求清潔顧問的自殺協助，首先你必須找到仲介，她是洛伊的經紀人。』……」高橋緩緩望向我：「這是怎麼回事？」

「我不知道……」同時，我看見另一則回覆：「『我認識洛伊』？」

高橋：「他們在討論你的名字。」

「這是什麼討論區？」

高橋點下網頁連結，結果卻顯示「該網頁拒絕受訪」的字樣，就算她想切換成原始碼模式去回顧該網頁的歷史紀錄也沒辦法多挖出更詳盡的情報。高橋：

「呃……我開始覺得詭異了。洛伊，你有什麼想法嗎？」

「我一點頭緒也沒有。」

「好吧，那麼我要採取比較非常規的手段了。」

於是，高橋切換了她的視窗，她不再使用常見的搜尋引擎，而是轉而使用一種介面設定參數更多的瀏覽器，她在新的搜尋欄上輸入了剛才的關鍵字組合，終於，先前我們只讀到一小部分的討論串完整出現在螢幕上了。

高橋：「這是位於深網的交流社團，通常個板的儲存時間都不會保存太久，也就是說，這則討論的建立是在近期才出現的。」

高橋匡列出我的名字進行指定搜尋，系統指出提及我的文章在近期內只有兩篇，進入內文，但凡有我名字出現的地方都出現了反白，其中最活躍的回文者來自於一名註冊帳號為「Cryo9」的男性用戶，除了剛才我們在明網讀到的片斷資訊，他還聲稱認識我本人，如果有需要的話，他可以越過仲介、直接引介發文者與我碰面。

「『Cryo9』，」高橋越讀越感到不對勁：「這個暱稱有讓你聯想到誰嗎？」

「完全沒有，我甚至不曉得我是怎麼被他盯上的。」

高橋跳到這兩篇發文者的標題列表，其中一篇是在一個月前，另一篇距今則只有六天，很顯然那應該就是盧卡斯與諾曼，他們都在詢問著有關「清潔顧問」與「特殊委託」的接觸途徑。

高橋改而使用這兩組關鍵字進行搜尋，片刻間，該論壇顯示的相關發文竟然超過了上百則，而且單從文章標題就能明顯看出這些用戶都在討論安排自殺的規劃流程，因為他們的用字直白到連一點隱晦的替代術語都沒有。

「這到底是個什麼樣的論壇？」

「我想這應該是個交流平台……」高橋說：「一個自殺互助會的地下社團。」

「妳能幫我……妳能幫我查出這名『Cryo9』的具體位置嗎？」

高橋：「比起這個，洛伊，我認為你更應該好好告訴我你是誰、你的工作內容到底是什麼。」

「我只是一個清潔顧問。」

高橋搖搖頭，她的臉色表現得很失望：「洛伊，別當我是白痴，我必須知道全貌才能繼續往下幫你。」

「我是一名清潔顧問，但我打掃的不只客戶的遺物，我也負責陪伴他們……好讓他們安心履行他們的自殺計畫。」

高橋深吸一口氣，看來她並非接受不了：「再更詳盡一點，從開頭說起吧。」

「這會花上不短的時間。」

高橋闔起筆電，雙手抱胸：「沒差，我們有一整晚能夠耗在這兒。」

「好吧……」

好吧，看來我不必再對她隱藏了。

第七章

我以為我的故事會嚇到高橋，至少，她很有可能永遠再也不想跟我有任何的瓜葛，但結果則恰恰相反，她迫切想要參與調查的積極程度超乎我的預料。準確而言，那並不是興奮，更像是她也揭露了自己原本的真實面貌，她天生就對解謎表現出深刻的執著，如果不是官僚制度與程序正義會大幅限制她的效率，也許，她可以成為一名優秀的警探。

自那天之後，高橋與我便各自申請了一個新的帳號在自殺論壇上輪番瀏覽著，我們一直在等待 Cryo9 的出現，想要弄清他挑選發文者的回文規則，然而無奈的是，經連兩週，Cryo9 一直處於離線狀態，這迫使高橋改變策略，她反向去研究前兩則發文者的共通點，包含文章的標題，以及內文陳述提及的動機、年齡、性別、方式、地點、用語……甚至連時間這因素都考慮在內，而這裡所說的「時間」指的是 Cryo9 出現的日期。儘管只有兩篇貼文、能夠參考的樣本數太少，高橋還是策訂了一個計畫。

趁著午休的用餐時間，我與高橋相約在大學附近的一處中式餐館內，她帶著她的筆電，向我展示了她的草稿。高橋：

「我打算親自扮演成一名企圖自殺者，但仍充滿猶豫，我很擔心自己無法一人完成，因此我需要其他人給予我一些建議。」

如她所說，那篇草稿上的大意如此，次要背景是她的人物設定：她現在十九歲，罹患有嚴重的邊緣型人格，她自己已經忍受不了這種長年的極端情緒轉換，因此她從高中輟學後便逃家，無奈受這疾病影響的緣故，她的每一份打工都沒法維持太久，換句話說，她沒有穩定的收入，根本負擔不起相關的治療，痊癒的可能趨近於零，與其明知毫無希望卻還要浪費資源活下去，她最後的理智告訴她應該主動結束這一切。

「我覺得這很不安全。」

高橋別著頭，聳了一下肩，彷彿她對這點程度的問題不屑一顧：「我在調查駐日美軍強暴事件的時候還曾遭受過來自官方的死亡威脅。」

「但這完全不一樣，因為妳現在的致命風險建立在『我是出於自我意識而想要自殺』的前提之上，要是真的遇上了Cryo9，他可不會只是嚇阻妳而已。」

高橋：「我很清楚這不能相提並論，可是除了私人理由之外，我認為Cryo9的行為與你的工作本質並不一樣，他的動機也跟你截然不同。」

「妳有自保的辦法嗎？」

高橋：「防狼噴霧器跟塑膠手銬，外加現場會有你支援。」

「萬一他有槍呢？」

高橋：「難道我們就沒有嗎？」

我搖著頭：「妳聽起來就好像準備好參加幫派火拚一樣……」

高橋：「我不排除有這樣的可能性，但根據 Cryo9 先前的行為，這並不符合我對他的側寫，我希望你可以相信我這一點。」

也許我妥協了：「好，那麼假使我們成功將他引誘出來、順利將他拿下，接下來呢？我們能夠對他做什麼？」

高橋：「這問題應該留給你們才對：你跟你的經紀人。」

「我只希望他別再來糾纏我、從我的生活中徹底消失。又或者，我可以乾脆放下這一切、自行遠走高飛，這樣一來能夠達到我同樣的訴求，而且也迴避掉了妳的人身安全。」

「你的確可以那麼做，但假使他還是重新找上了你呢？難道你不想至少弄清對方的身分跟動機嗎？」高橋收回她的筆電：「趁著現在你還有盟友的時候？」

「是什麼原因讓妳願意幫我到這個程度？」

高橋：「呃……讓我想想，一、我相信這會是一篇非常有商業價值的新聞報導。

二、因為我們是朋友。」

「妳打算公開這件事？」

「看情況，也許五年、十年之後我會寫成小說，之後再把改編的版權賣給好萊塢……」高橋擺著手苦笑：「呿，我沒想到你會以為我的第一點是認真的。」

聊到這裡，我們點的菜上桌了，什錦炒飯、宮保雞丁、刀削麵以及蟹黃燒賣，動起筷子，我不再糾結於是否同意高橋的誘餌計畫，我只是問著：

「妳打算什麼時候發那篇文？」

「今天晚上，」高橋咀嚼著炒飯：「怎樣?有任何需要校稿的地方嗎？」

「妳看起來不像十九歲，如果 Cryo9 提前到指定地點觀察妳的話，這太容易令他起疑。」

「沒錯，」高橋露出滿意的微笑：「你現在終於進入狀況了。」

結束午餐，高橋還需要回到大學裡，我則考慮著是否該去救援中心一趟、看看衛星過得好不好，因此，我前往附近的超商購買了一些狗零食。無巧不巧，當我一結完帳要走出自動門時，我再一次看見了那輛白色的豐田 Altis，它正準備從戶外停車場離開，與上次不同，這次是在大白天，因此我得以背下它的車牌：「VQB-0134」。

它駛離的速度過於焦促，這更令我確信自己沒有認錯車，於是我當即發出短訊告知敏敏，而敏敏也只用不到半分鐘的時間就回覆：

「我來搞定。」

可是，我並沒有向她交代我與高橋正在同步進行的誘捕行動……

當夜我登入我的帳號，一下就看見了高橋發出的那篇諮詢文，可惜的是除了幾則自殺方法與地點選擇的推薦外，我們並沒有等到 Cryo9 的上線。為了加大力道，我從旁提及「清潔顧問」的存在，頓時，整篇討論串也轉向各類的傳說，他們完全不曉得我就是所謂的顧問本人，因此許多回覆內容根本就是自行幻想的創作。其中一人說：「在郊區的廢棄木材廠內有一座碎木機，直到現在都還能使用，因為清潔顧問會將客戶的遺體帶到那邊進行處理，之後再將碎渣倒進河中，如此一來客戶就能從這世界上徹底消失不見，不用擔心自己的遺體在自殺場所內造成別人的困擾。」而另一個人則說：「清潔顧問都具備醫療背景，他們不只能夠弄到一般人買不到的化學物，而且還熟練肢解人體的技術，最常見的方法是先放血，然後將屍體大致拆解，接著經過熬煮將骨頭與肌肉分離，骨頭在乾燥後可以磨成粉，被煮熟的肉則使用能夠分解廚餘的細菌加上酵素與培養土掩埋，在極短時間內就能讓一個人消失不見。」

高橋特地開了另一個聊天的視窗問我：「這些是真的嗎？」

隔著一道牆，我在自己房內敲打著鍵盤回應：「我從來沒遇過提出毀屍要求的客戶。我還想知道這些人是從哪裡學到這些知識的。」

幾個小時之後，時間已來到深夜，高橋透過聊天視窗告知我她得先休息了，此外，她也叮嚀我如果累了就去睡吧，不必徹夜盯著留言的更新，也許這則發文根本不會引來Cryo9。她早有心理準備這可能需要用上更長的時間，說不定她還得再申請複數的帳號、編撰別的身分與故事才有可能成功。

她說得很有道理，想要誘使Cryo9出現，我們會非常需要足夠的時間、耐心及體力，此外，運氣也是關鍵的一環。

幾天之後，由於舊有的發文不再出現進展，因此藉由大學的電算中心之便，高橋一口氣設立了十多組的假帳號，每個帳號的IP位址全都不同。根據她表示：她所創立的每個角色靈感皆來自於她過往採訪過的對象，從每個人的生活當中，其實都存在著一個令他們想要結束生命的癥結點，無論那對他們而言到底是看開、放棄抑或是逃避，每個人都會有；更別提某種程度上，記者本來就是文字工作者，這種程度的創作根本難不倒她。

終於在某天晚上，有一個陌生的帳號「Puri5」與高橋創建的其中一名角色接觸，這個命名規則與Cryo9有異曲同工之妙，有可能是他也換了另一個名字？總之，Puri5

提供了一張帶有QR碼的照片，並表示上面的連結能夠聯繫到清潔顧問的仲介，高橋使用手機上的鏡頭直接對著螢幕掃描，其結果則是一組電子信箱，經過我的確認，信箱開頭的戶名的確是敏敏使用的名稱，然而後半部的主機域名卻完全不同。

突然出現了這樣的進展，高橋直接叫我到隔壁與她會合；現在，我們兩人坐在一起，面對面商討著接下來的對策。

「『Einfach_141』……妳創建的這個角色，她的背景是什麼？」我問。

高橋：「一名二十九歲的獨居女性，自由接案的UI設計師，由於長期面對甲方的無理要求，導致身心壓力巨大，於是在反覆考慮之後她決定以切破頸動脈的方式自殺，不過她最害怕的不是必然的痛楚，而是在人生的最後一刻孤獨死去。」

「我猜大概是因為妳強調的孤獨感吸引了他。」

高橋：「但這個用戶是一個新的名字，並不是我們原本鎖定的Cryo9。」

「我也察覺到了這一點。」

高橋指著那串掃描後得到的信箱網址：「那麼接下來呢？我就這樣直接寄信跟對方接洽，然後提出我的要求嗎？」

「稍等我一下。」

於是，我透過我的筆電寫了一則短信告知了敏敏：

敏敏：

這是洛伊。

我在深網的論壇上得到了一個號稱能夠聯絡到妳的信箱，因此，若妳等一下收到一則委託的話，可以不用驗證對方的背景，那是我自己下的訂單，我想自行製造引出那神秘人的機會，請直接把這份工作派發給我吧。

未久，敏敏立刻回信：

洛伊：

收到。

我會按照正常程序接手處理，有進一步發展再隨時通知我。

不愧是敏敏，她一下子就瞭解了我的計畫，除了引誘神秘人現身之外，她提到「會按照正常程序接手」，這代表她同樣想透過我的內部委託來查明自己的聯絡網是否遭到了攔截。

我告訴高橋：「現在，妳可以把委託信寄出去了。」

高橋在信裡大致交代了自己的動機與服務需求，並主動報上角色的名字以及身分背景，為免這封信的內容會遭到識破，因此高橋必須使用高度統一的語氣與用字，除了要表現出隱約的厭世感，同時須兼顧的還有營造出一種懷疑、試探的態度。

在明面上，敏敏的回信向高橋提供了服務的報價、匯款的帳號；至於另一方面，敏敏也向我回報她確實收到申請，並將具體內容傳給我做二次核實。確認沒有問題後，敏敏繼續與高橋安排專員上門的指定時間與地點等細節，為了配合神秘人的挑選規律，這一次我們決定把時間訂在四天後的午夜，地點則是在一處車程離市中心約莫一個小時就能夠抵達的小型渡假會館。最後敏敏說她這次也會支援我的埋伏行動，她特地強調：等我們逮到人，她要在第一時間親手折磨這混蛋。

四天後正是週五，我們的計畫是：在渡假中心訂下兩間小木屋，我在前一天——也就是週四——會提前入住其中一間，這麼一來我就可以預先進行更完整的環境偵察，高橋則是到了週五從大學下班後才前往渡假中心的另一棟小木屋；至於敏敏，她當日將會在渡假中心的周圍待命，隨時準備提供協助。

最後，還有一個關鍵：我與高橋也得將委託案成立的結果，以感謝協助的口吻透過站內私訊通知Puri5。

接下來的兩天，這名 Puri5 陸續與高橋建立的 Einfach_141 交流，這是意料中的發展，高橋的應答十分謹慎，她除了要一邊維持人設的語氣以及時刻記住該角色的生平細節，另一邊她也要掌握洩漏委託案內容的分寸，一點、一點慢慢地將時間與地點從聊天中自然提及，這些都是神秘人需要知道的情報。

一切發展都看似順利，直到第三天，也就是我提前入住渡假中心的當日，下午時分，高橋透過網路告知我：Cryo9 與她接觸了，依據她發來的螢幕截圖，以下是他們在論壇上的私訊內容：

Cryo9：妳好，請問妳是否申請了清潔顧問的委託？

Einfach_141：是。但，你怎麼知道這件事？

Cryo9：我是這次被指派的專員，妳可以叫我「洛伊」。

Einfach_141：原來如此。您好，洛伊。是行程上發生什麼變故了嗎？

Cryo9：不，行程並沒有任何調整，我只是想要與您確認明天的預約是否如之前所討論的那樣照常執行。

Einfach_141：是的。

Cryo9：好的，那麼我會依約準時前往。祝安。

在那當下，我跟高橋都不知道對方這麼做的意圖是什麼。過不了多久，由於敏敏每一次都會在前一天給我具體的任務通知，我驟然發現上面的時間並非在午夜，而是凌晨三點半，這讓我更加警惕了起來，除了進一步確定神秘人這一次將會現身以外，我也更加篤定敏敏的電子信箱出了問題，意識到這點，我立刻撥打網路電話給敏敏：

「喂，是我，我有件重要的事情要告訴妳。」

敏敏：「怎麼了？」

「妳剛才傳給我的出勤表跟實際上的預約時間是完全不一樣的。」

敏敏：「什麼？你稍等我一下。」

說完，一陣通知聲響起，原來是敏敏將她那份出勤表的備份截圖傳給我，我仔細對照其內容，截圖上的時間是正確的，那也就是說……

敏敏詢問：「跟你收到的信件不一樣嗎？」

「對。」

「該死的……」敏敏：「看來，對方應該是從那個他們自行散播的偽造信箱從中攔截的。」

「那麼現在該如何處置？」

「暫時停用所有的文字通訊途徑，只採用電話相互聯繫，這方面的技術問題我日後會再負責設法克服，」敏敏：「但明日的計畫照舊。」

「而我們照樣在原訂的午夜整點展開突襲，對吧？」

敏敏：「沒錯。」

掛掉敏敏這端的電話之後，我將剛才的情況也全都匯報給高橋知道，在線上，我又一次嘗試勸退她：

「其實到了這個節骨眼，妳不現身也是無所謂的。」

高橋：「我以為我們早就結束討論有關我安危的問題，更何況，我本人必須到渡假中心登記入住，那個神秘人才有辦法進入房間，對吧？」

「那妳也可以在登記完之後就離開……」

「聽著，」高橋打斷了我：「我非常感謝你替我擔憂，不過事情會有這樣的進展，一部分也是由於我自己選擇參與的緣故，你瞭解嗎？這是我們離神秘人最近的一次，整套陷阱的劇本若臨時改變那只會增加對方起疑的機率，所以你的經紀人才給你相同的指令，難道不是嗎？」

面對高橋的堅持，我無言以對，只能在最後詢問她：「好吧。那我現在希望妳說妳也有槍這件事情不是開玩笑的。」

高橋：「我打算攜帶一把P938。」

「哪種口徑的版本？」

「點二二LR，畢竟就算是最糟的情況發生，我們的目的不是要殺死他。」高橋：

「好了，等等我打包好明天要帶的東西之後就準備要睡了，你呢？」

「白天時我進過森林步道走一圈，等等會再去一趟，看看夜晚的照明狀況如何。」

高橋：「洛伊，你感到緊張嗎？」

「嗯，我是很緊張。」

高橋：「不用擔心，我們會抓到他的…就在明天。」

「希望如此，明天見。」

高橋：「明天見，晚安。」

我走出我的獨棟木屋，沿著告示牌進入了林間步道，在白天的時候我走過一次，依坡陡程度共分成三條路線，當時我選擇了最高級的挑戰者步道，全程走完需要大約四十五分鐘的時間，而那時我已經觀察過，該條線路全程都沒有路燈；於是我這次決定先選擇中等路線，之後再繞由新手路線返回。

比起挑戰者路線毫無修飾的路面，中等路線上至少鋪設了碎石子，在幽靜的森林裡行走，腳步聲格外明顯，沿途雖有照明，不過路燈之間的間隙拉得很長，意即：我雖然能看得見下一盞路燈的位置，但行走於區間時仍是一片漆黑，這一幕讓我聯想起我在公立墓園擔任守夜人的那段時光。

深夜，山上的氣溫驟降，我不由自主地冷得發抖起來，在前後都不見其他人跡的黑暗中，我的腦海裡浮現了有好一段時間都沒有出現的廣播雜音，那肯定是我內心焦慮的投射。電台主持人的聲音聽起來就像高橋，她正播報著自己的死亡新聞，不過那並非自殺，而是遭到人以鐮刀插入頸側之後，以蠻力向外勾扯，一口氣割破了動脈與咽喉，在完全叫不出聲音的情況下，鮮血不僅濺滿了房間，也灌進了她的氣管，因此導致她真正致命的原因是被自己的鮮血給淹死。警方在現場找不到行兇者遺留的任何痕跡，但在搜查死者的通訊紀錄之後，發現了一位名叫「洛伊．柯林」的男子，該名男性不僅在死者喪命的前一週與她有密切聯繫，同時還是死者的鄰居，員警在搜查其所居公寓之際完全掌握不到他的下落，因此他被警方列為頭號嫌疑人。根據曾與洛伊．柯林共事過的數名前同事指出：他生性孤僻，並出現疑似精神異常的舉動，例如他的所有家人都在連續幾年間逐一過世，然而他卻沒有表現出任何正常人該有的難過情緒，尤其他在繼承所有遺產之後便果斷離職，因此辦公室內有謠言相信他就是策劃殺死自己全家人的主謀，至於這次前記者高橋涼的死應該與他也脫離不了關係。

彷彿跳針的老舊唱片機，高橋用她那冷淡中帶有怨恨的語氣不斷重覆著：

「因為他是個死神、因為他是個死神、因為他是個死神……」

這些妄想與幻聽使我在半途停下，沒有風、沒有光、沒有聲音……撇除掉腦中的廣播雜音，我喃喃自語地捫心自問：

「我是個死神嗎？」

其後，一個女聲帶著尖叫衝著我大喊：「你逼我做了我明確表示反悔的事！」

我認得這個聲音，不知道她的孩子現在怎麼樣了。

「你殺了我！」余安：「你自己心知肚明，你沒有人類的感情，你擔心的永遠是自己能否脫身，你不配過著正常人的生活，你是一個殺人犯，而『他』將是你的心魔、你的白日惡夢，你永遠擺脫不掉的報應……」

我承認我對大部分的人、事、物都表現得有些麻木，我承認我對身邊週遭的一切都習慣把握一定的距離，我承認早在數年前我對時間的抽離感就已相當嚴重，不過我並不想要讓別人知道，況且我也沒機會讓別人知道。這不完全是在隱藏、壓抑情緒，而是在完全沒有其他觀眾的前提之下仍自顧自地上演著矯情的獨角戲，就我的認知而言，那才叫瘋狂。

為什麼我要朝著虛無發出求救？

我很想念衛星。高橋曾提醒我最好想清楚了在抓到這個神秘人以後我該怎麼辦，我想……我會退出這一行，與敏敏道別，然後領養衛星，一起住在一個安靜的小鎮。

至於那神秘人的具體命運，再過二十四小時我們就會知道結果。

隔日，一切都按照計畫進行，高橋離開校區之後就前往了租車行，她在每一個環節都會打電話向我匯報進度，約莫在晚間六點左右，她成功抵達了渡假中心，完成登記並入住了她所預約的小木屋，此外，她還在屋裡搜尋了一番，檢查各處是否有須提防的地方，據她的報告，一切都很正常。

我們彼此的住宿點相隔不會超過一百公尺，因此如果我們都走上各自的二樓陽台，我們其實還能朝對方揮手，當然，若在平時這樣互動無妨，然而依當前情況，為了保險起見我們絕不可能那麼做。

時間一分一秒過去，我與高橋利用渡假中心的內線電話對房聯絡。高橋問著我：

「你還是會緊張嗎？」

「正在習慣中。妳呢？」

高橋：「我有點餓。」

「等到今晚結束之後妳打算吃什麼？」

高橋：「拉麵。」

「妳是不是在路上經過小鎮中心時有看見那間拉麵館？」

高橋：「沒錯，我有些意外，因為在這種地方竟然會有拉麵店，只可惜我查了一下，它營業時間到九點而已。」

「我記得小鎮上有一間二十四小時的雜貨店，如果妳能夠接受泡麵的話。」

高橋：「你知道，在日本的某些地方甚至有販售拉麵的自動販賣機。」

「妳是說機器會自動幫你煮好拉麵？」

高橋：「沒錯，除此之外，有的販賣機還提供漢堡、玉米濃湯、草莓蛋糕……各種你想得到或想不到的，日本人都能把它們裝進自動販賣機裡，甚至還有孕婦穿過的內褲、芭蕾舞者的褲襪以及女高中生的汗。」

「妳是指『毛線衣（sweater）』嗎？」

高橋：「不，不是衣服，就是一整瓶的汗水。」

「誰會買這些東西？」

「任何需要高中生汗水的人？」高橋發出笑聲：「我其實更難想像的是那些汗水是怎麼被批量生產的？」

「也許那些工廠的設計就好像桑拿房一樣，每個女高中生都必須穿著泳裝在裡面待上數個小時，不斷用毛巾擦拭皮膚，然後反覆擰乾汗水到蒐集瓶裡。」

高橋：「聽起來真噁心。」

「只要市場有需求存在，自然就會有相對應的商品及服務，無論多噁心。」

高橋：「雖然在寶特瓶上會貼著女高中生的照片以表示汗水的主人長得什麼模樣，但我強烈懷疑那是否屬實。」

「也許工廠只是使用了鹽與香精做為普通自來水的添加物？」

「你的猜想還算善良的，」高橋：「我懷疑那說不定是兼職的拳擊手、田徑員或者是相撲實習生。」

「有人做過相關的調查嗎？」

高橋：「我知道你在暗示什麼，不要，我完全沒興趣。」

正當我們聊到一半的時候，敏敏打來了，我向高橋告知一聲後便暫時將房間內線的話筒擱置在一旁，轉手就將手機接起：

「怎麼了嗎？」

電話的那頭只傳來敏敏喘氣的聲音，這令我頓時格外不安。

儘管我十分慌張，但我依舊保持著冷靜而謹慎的語氣，因為多慮的我忽然想到我可能根本不是和敏敏在通話：「你想要什麼？」

「是我……雖然現在狀況有點糟，但我沒事。」所幸，那的確是敏敏。

吐著氣，我回應：「妳讓我緊張了一下。不過『狀況有點糟』是怎麼回事？」

「姑且就說是……遇上了一點頑強的抵抗吧，以至於我不得不採取必要的手段。」敏敏：「總之重點是：我抓到他了。」

「『他』？誰？那個神秘人？」

「沒錯，」敏敏：「從市區前往渡假中心基本上只有一條公路，然後，我發現了那輛白色的豐田 Altis，車牌號碼 VQB-0134。」

「他想要什麼？他是個什麼樣的人？」

「一個看起來甜甜圈吃太多的中年男子，可是剛才為了制伏他，我的手法稍微粗暴了一點，所以他現在暫時沒辦法講話。」敏敏：「他的車子報廢了，我正在等待回收廠的支援，稍後我就會直接把他載走。」

「妳現在的負傷有多嚴重？」

敏敏：「反正比他好，而且還能打電話給你。」

她的回答簡直如同一名在動作片裡才能看見的硬漢，我由衷佩服：「所以這下危機解決了？」

「明天過後等你回到市區裡我再跟你接觸，到時我們一起搞清這人的身分跟目的。然後……」敏敏：「對，危機解除了。」

「十分感謝。」

「這是團隊合作的結果。」敏敏：「嘿，跟我保證今晚你會好好在渡假中心休息，好嗎？」

「嗯。」

敏敏：「我需要你明天有充足的精神跟清晰的腦袋來應付後續的作業。」

「我知道。」

敏敏：「那就好。先這樣，再見。」

敏敏掛斷電話，突如其來的意外發展令我愣了好幾分鐘，我以為一定會造成悲劇的莫非定律並沒有發生，相反地，神秘人還提前順利遇逮了。我看了一下牆上的時鐘，現在是晚上八點左右，於是我拎起內線電話的話筒詢問高橋：

「妳還想吃那間拉麵嗎？」

高橋：「發生什麼事？」

「結束了，我的經紀人抓到了那名神秘人。」

「喔……呃……我沒預料到這樣的結果。」我聽得出來她認為自己應該也要覺得鬆一口氣，可是這出乎意料的轉折令整個計畫結案得過分容易，因此她難掩矛盾的失望之情。高橋：「好喔，那麼我現在開車過去你的房門前接你？」

「嗯，待會兒見。」

在拉麵店裡，高橋與其說是去用餐，不如說是喝酒，我可以理解她深深的困惑與不滿，全程幾乎不發一語的她，剛開始只是點了生啤，接著又乾脆點了一整瓶的日本酒，直到店家到了閉店的時間，她還多帶了一瓶打算站在門口繼續喝。

但我也說過，在山區裡，入夜後的氣溫會降得很快，加上以她現在的狀態根本不適合開車，所以我接過了她的鑰匙準備送她回到渡假中心。

在車上，高橋眉頭緊皺、屢屢搖頭，她不時喃喃自語，當中還夾雜著日文：

「くそ，有點過分容易了，這不符合邏輯啊，理解できない……」

「妳以前從來沒有懸案調查到一半就被警方偵破的經驗嗎？」

高橋：「這不一樣，如果發生那種情況我也只需要如實報導就好。但我們為此策劃了一個多禮拜，ったく……要是他的計畫有這麼周密，那為什麼還要開著同一輛已經被你認出來的車？」

「我想起了一個老笑話。」

高橋：「是什麼？」

「有兩個猶太人想要暗殺希特勒，他們知道黨衛軍每天都會在同一時間載他出門遛狗，於是他們決定在森林裡埋伏，結果一個小時過去，希特勒沒有出現，兩個小時，希特勒沒有出現，四個小時過去，希特勒還是沒有出現，於是其中一個猶太人對著他的同伴說：『希望他不是遇上車禍了。』」

高橋：「我明白你的意思，我沒有忘記我們的終極目標。」

「我曉得這有點反高潮，但這也確保了我們的安全。」

「真的嗎？」再灌一口酒，高橋閉上眼睛，仰頭靠在座椅的枕墊上。

我一路將高橋送回了她渡假中心的小木屋裡，並攙扶著搖搖晃晃的她、將她在床上安置好。

「妳還好嗎?會不會想吐？」

高橋：「我沒事，除了自尊心有點受損之外。」

我提著車鑰匙：「好好睡吧，明天退房時我們再一起開車回去。」

「嘿，」在我轉身離開之際，高橋叫住了我：「你今晚可以留下來陪我嗎？」

「我覺得這不是個好主意。」

高橋：「的確，我也只是開玩笑的。晚安。」

「晚安。」

我取走高橋喝到一半的酒瓶、調暗了床邊的夜燈，輕輕闔上房門，就此離開高橋的小木屋。回到自己的房內，我開啟電視新聞當作背景音，並坐到餐桌前獨自喝著那樽日本酒，沒錯，我的心裡也感受到一種難以言喻的不踏實，但既然我信任敏敏判斷此事已暫時告一段落，那麼……我決定用今晚用酒精強制將自己的大腦關機，只希望我別再和上次一樣在半夜裡發出尖叫，無論是Cryo9或Puri5，他們今晚都不會是我的惡夢，反倒是對方應該會徹夜清醒、直面敏敏的恐怖。

隔日，我裹著溫暖的棉被從鬆軟的床墊上醒來，時間尚早，刷牙、洗臉後我還到森林步道裡慢跑了一圈，接著回到屋裡使用浴缸泡了熱水澡，那的確舒緩了我不少壓力，我甚至記不起上次泡澡是在什麼時候，畢竟我總是在單人公寓裡來來去去，除了淋浴設備，基本上不太可能接觸得到浴缸。

在接待大廳吃完簡易的早餐，我回頭收拾了自己的行李，並將這兩天我在屋內蹲守時吃的餅乾包裝與飲料罐主動整理好、扔進公共區域的回收垃圾箱。

退房時間已近，我提著背包、拎著車鑰匙主動走向高橋的小木屋，想要確認她已經醒了、昨晚的飲酒量沒給她帶來嚴重的宿醉，當我按下門鈴，屋裡卻一點動靜也沒有，這讓我感到奇怪，頓時，一連串不祥的聯想引起了我的警惕，我伸手去轉動門把：

沒有上鎖，門閂的孔洞被塞了成團的布條……

第八章

我正駕駛著高橋租來的車子返回市區，縱使我心急如焚，我仍不敢超過限速，以免引起巡邏車的注意。

一路上，我不斷回想著高橋屋內的所有細節：窗戶、門把沒有被破壞的痕跡，她的背包、筆電、手機乃至鞋子都還在，尤其是她曾提到過她會攜帶的那把 P938，她根本沒有使用它的機會，這代表昨晚登門的人是她認識的人，又或者，她極有可能將那不速之客誤認成我而主動開門；現場沒有打鬥的跡象，沒有血漬、沒有任何擺飾被搗爛或移位，在高橋來得及做出反應進而掙扎之前，對方就制服了她，是氯仿嗎？那個人有備而來，難道他老早就知道這是我和高橋設下的圈套？那麼敏敏昨晚攔截的陌生男子又是什麼人？作為誘餌的同夥？我們的計畫不僅被識破，而且還反遭利用？他到底是從哪裡得知的？以及最重要的……

高橋現在人在哪裡？

按照往例，我在她的浴室的鏡子上發現了一張便條紙，上面簡短寫道：

很近，但還不夠近。

回到市區，我將車子停在租車行的大門口之後便帶著我與高橋的所有東西離開。在車程上，我早已透過電話向敏敏報告事件的頭尾，她絲毫沒有責怪我的意思，只是交代我在進城後別回自己的公寓，她另外安排了一處打烊中的酒吧包廂要我在裡面先待著，隨時等候她的聯繫。

我在內心裡充斥著滿滿的愧疚，一句又一句的指責不斷在我的腦海中縈繞，我的理智一方面要我別再去假想「如果我當時可以」之類的問題，而是快點接受事實，策劃下一步行動；但另一方面則是克制不住各種恐怖的念頭迸然蔓延，在那自殺互助會上，為什麼會有人提到碎木機以及鉅細靡遺的屍體解構法？難道它們都是真的？那個假扮成我的神秘人，他在過去就已經頂替過我的名號對其他人下手並將過程分享於網路上了嗎？

我特別納悶一件事：「綁架……為什麼這次是綁架？」

不知過了幾個小時，我的手機鈴聲總算響起。

「喂？」

敏敏：「你的筆電有帶在身上嗎？」

「有。」

敏敏：「很好。現在，離開包廂，從酒吧的後門出來，我在停車場等你。」

「收到。」

等我走出室外時，我才發現目前已經天黑了，而敏敏這一次換了一輛老舊的電信維修車，上面還殘留著斑駁的烤漆印著「巨門電機」。我上了副駕駛座之後先是將自己與高橋的背包安置在椅子後方，接著我才看清楚敏敏的樣貌，她紮起了辮子，臉上有著嚴重的掛彩，揪住方向盤上緣時突出的指關節遍佈擦傷，一身暗紅色的運動服同樣都有多處磨損，無庸置疑，那應該是她在昨天遭遇的「頑強抵抗」中所導致。儘管就我這旁觀者看來有些嚴重，不過敏敏本人完全沒有表現出任何不適，硬要形容的話，那些傷勢反而映襯出她銳利的眼神，顯得她冷酷又專注。

我沒有詢問敏敏目的地是哪裡，於是我們在一處二手電器行下車。敏敏：

「東西放車上，我們停一下就走。」

一進門，敏敏朝顧店的老闆點個頭，對方就搬出了一組纏好延長線的輪座，以及一台微波爐，隨後，敏敏從口袋裡抽出幾張沾血的鈔票付款：

「抱歉，我的鈔票有點髒。」

那電器行老闆完全不在意：「我們賺的錢從來都不完全是乾淨的，敏敏。」

交易完成，我幫忙敏敏把這些器材搬回維修車的後車廂，隨即，敏敏發動引擎，我們又趕往了下一個地點，穿越鐵路整備廠、穿越工業區、穿越帆船俱樂部……最後，我們在一處港口邊的廢棄倉庫前停下車來，至於後續……正是銜接最一開始的地方：敏敏在昨晚抓到的人——車牌為 VQB-0134 的車主——他就被敏敏以粗暴的自製水牢囚禁在這裡。根據他的描述，很遺憾，他並不是神秘人，他只不過是一名疑似被神秘人雇用的私家偵探：山姆．瑞迪克。

在微波爐的逼供之下，山姆交代出他知道的所有內容，為了爭取時間，敏敏旋即又把他運上車，準備將他載回他所執業的徵信事務所。

很顯然，他並不是多麼大牌的私家偵探，他那所謂的工作室竟然設立在一間修車廠的樓上，而且內部雜亂無比，在成堆的垃圾與檔案中擺放了一張折疊床，這裡同時也是他居住的地方。

山姆的上半身還被層層膠帶捆死，敏敏押著他坐上他辦公桌的電腦前，並且將所有與神秘人接觸的通信紀錄全部調出來一一仔細閱讀。這些寄發的信件中不乏夾帶了多張使用望遠鏡頭對我拍攝的相片，在他附上的雲端硬碟連結裡，還包含了我在不同時間、不同地點活動時所偷拍的影音檔。

「『我問你答』的遊戲繼續，」敏敏對他說：「你說這個人每次付款給你的方式都是使用網路轉帳？」

山姆：「對。」

敏敏：「那麼所有的匯款紀錄呢？」

「我只有使用手機下載的應用程式來查詢，所以密碼也儲存在手機上，但妳也知道……」說到這裡，山姆無奈地嚥著口水。

我問：「怎麼了？」

敏敏：「昨天我撞翻他的車時，那台手機也跟著被摔壞了，目前還在設法復原。」

山姆：「除非你們現在就帶著我去自動提款機用金融卡查詢。」

敏敏：「冒著被監視攝影機拍到我們押著你的風險？我不這麼認為。」

山姆趕緊澄清：「我沒有這個意思，真的！」

這時，我接手了山姆的電腦，儘管他把這住辦合一的工作室搞得一團糟，不過，他在電子信箱的建檔上倒是相當詳盡，我撥動滑鼠上的滾輪，在他歸納好的資料夾裡一路拖曳到最後一頁，驟然發現神秘人的委託遠在大約五年前就立案了，這個時間跨度遠久於我擔任清潔顧問之前，於是我質問著：

「他早在五年前就叫你尋找我的下落了？」

山姆：「對，但我一直沒有你的線索，所以我擱置了很長一段日子，他也沒收回訂金。」

「直到？」

山姆：「直到……什麼？」

敏敏拍了一下山姆的後腦勺：「直到什麼時候、透過什麼途徑才找到他的？」

「是海關，」山姆戰戰兢兢地解釋著：「大約十多個月前，我在海關的朋友發現了你的出入境紀錄，你在短短不到四天的時間內就來回冰島，那實在太明顯了。」

我與敏敏眼神交會，一下就明白他指的是戴爾……

敏敏：「接著往下說。」

山姆：「我從兩個地方著手，一是想要從入境後的交通紀錄去追尋你的下落，不過那實在太過困難；不得已，我改往源頭追溯，發現你在出境時的訂票人並不是你，而是一個……我忘記他叫什麼名字了，那個人在拍賣市場是個小有名氣的藝術家，雖然後來我不曉得他消失到哪裡去，但這下可以確定他至少跟你有過交集，因此我轉而從他的電腦裡挖掘情報……」

「等一下，」我打斷了山姆：「那是不可能的，他的住處在他消失前就已經完全清空，所有的電子設備都被徹底拆解並回收，你怎麼還能夠取得他的電腦？」

山姆：「他的事務所裡還有處理公務用的電腦，而我……我、我收買了他的秘書，因此我得以從他那台電腦裡安排的日程得知了『清潔顧問』的存在，連帶地，我也發現了位於深網的自殺互助會。剩下的發展對你們而言應該不難自行想像，我猜我就不必再多作解釋了。」

「你的雇主……沒有向你指出他的目的是什麼嗎？」

山姆：「沒有，他只需要我長期對你進行跟監，並隨時對他匯報你的日程。」

「毫無期限的跟監不會讓你感到懷疑嗎？」

山姆：「說實在的，只要他陸續有匯錢進帳，這種長期又穩定的收入我沒理由拒絕。看看我的辦公室就知道，我真的很需要這筆錢。」

「而除了有關我的情報之外，你的雇主也要求你連帶將每個與我有接觸的人都一併調查後匯報嗎？」

「雖然我得知你的存在已經蠻久了，但其實我正式鎖定你並展開跟蹤的實際時間連兩個月都還不到，」山姆：「我可以知道你固定的日常行程，但我幾乎沒見過你與任何人互動過。」

點起一根菸，敏敏擺頭要我跟著她走向窗戶邊，她小聲地與我討論：

「那個神秘人……他在多年前就已經得知你的存在，雖然這麼問很籠統，不過你真的一點頭緒也沒有？」

我眉頭緊皺：「我不知道要具體到什麼程度，萬一那只是由於我在幼稚園時弄壞了同學的美勞作品，因此他含恨幾十年……」

敏敏：「撇除掉這麼小的可能性，『五年前』這個時間點，你還記得當時發生過什麼事嗎？」

「我的最後一名家人過世，幾個月後我就從前公司離職了，接下來我開始清掃家裡，然後在二手回收行第一次遇見妳……這些就是我還記得的大事件。」

「那個神秘人現在幾乎全面掌握了你的行蹤，照理說，如果他想要殺害你的話，多的是機會，然而現在看來，他就是純粹享受著騷擾你的感覺而已。」

「但現在我的鄰居被綁架了，如果原本只是想要騷擾我，那麼『綁架』這個舉動就成了轉捩點，他對我懷有的意圖產生了質變。」

吐著煙幕，敏敏閉眼盤算：「也許我們可以利用這點。」

「怎麼利用？」

敏敏：「這是個很糟的點子。」

「不管多麼糟，只要能夠抓到這混蛋都好。」

敏敏：「看來你的朋友對你很重要。」

抽完菸，將菸蒂彈出窗外的敏敏回到辦公桌後方，她推開山姆，挪來鍵盤編輯著要寄給神秘人的信件：

喲，我有個壞消息：洛伊發現我了，他在濱海公路上衝撞我的車，甚至還拿出鐵鍬襲擊我，為了自我防衛，我朝他開了四槍，他現在傷勢很嚴重，人就躺在我的後車廂裡。

我不想碰這案子了，我要把他送去醫院的急診室。

隨後，敏敏按下發送。

頓時間，現場一片死寂，不只山姆，就連我也帶著質疑的眼光盯著敏敏，這樣的託辭真的有辦法將他引入新一輪的圈套嗎？

萬萬沒想到，不過兩分鐘，神秘人就回信了：

瑞迪克先生：

我不同意你單方面中止合作。

我需要你立刻替他止血、穩住傷勢，然後將他送到十六號快速道路旁的四方牧場，牧場中央只有一棟房子，你絕對不可能錯過的。

敏敏再次回信：

不行，你知道我工作室的地址，我需要給自己買個保險：平時酬勞的十倍，碰面時以現金交易，如果我沒有在今晚安全回到辦公桌前用有線電話打給我的律師，我所有與你這起委託案相關的調查內容就會被全盤公佈。

這步棋表面上下得很危險，透過威脅進行討價還價很可能造成破局，但若仔細想想，這其實才符合敏敏假設情況中的情緒反應，況且以神秘人的認知，我當前還有隨時都可能死亡的時間壓力。果然，神秘人馬上回信：

瑞迪克先生：

好的，只要你盡快將他送到我指定的地點。

旋即，敏敏將山姆推進廁所裡，她叮嚀著山姆：「好好待在這裡，並且祈禱我平安歸來，我保證到時除了將你鬆綁、從此不再追究之外，我也會把你客戶答應要給的十倍酬勞交到你手中。清楚嗎？」

山姆連忙點頭：「是的，十分清楚。」

離開了徵信社，我們回到工程車上，既然知道了目的地，敏敏也毫不猶豫地加重深踩油門的力道。我問：

「有任何計畫嗎？」

敏敏望了後頭一眼：「把工具箱打開，底部有個夾層。」

我繞過座椅、彎腰來到車廂尾部，移除掉敏敏所提的夾層板之後，原來裡面是一把換裝伸縮托的 MPX-SD 衝鋒槍，戰術軌道上還裝備了 EOTech 的 XPS3 全息光學瞄具，我取下彈匣、拉動槍機、檢查槍膛內的情況，並且將槍托長度調整至我覺得適合的段位。

「看來你不需要閱讀使用教學了，」敏敏透過照後鏡看著驗槍的我，她連帶提醒：「制服櫃裡面還有其他裝備。」

我打開其中一個櫃子，裡面除了用來掩人耳目的操作服和垂降鞍座以外，拉開工程外套的拉鍊，裡面還掛著一件已經塞好抗彈板的 LBX Armatus II 4020 戰術背心，雖然正面原裝搭載的是三組五點五六步槍彈所使用的彈匣袋，但我仍用 MPX 的九鳌米彈匣將它們通通裝滿。

最後，我從背包裡取出了我的M1911，連同硬殼槍套安置在我的腰際上，除此，我亦沒忘記帶上高橋的那把P938。

敏敏必須專心駕駛，因此我從旁協助、替她套上另一件低視明度的抗彈背心，在為她繫好魔鬼氈時，她不斷告知我：

「再緊一點、再緊一點，越牢固越好。」

同時，她所指定的武器是一把Beretta A300半自動霰彈槍，我替她逐發裝填好所有的霰彈，接著敏敏接過手、將霰彈槍直接擺在腿上。

「這些都只是工具，妳還沒告訴我具體計畫。」

敏敏：「我記得你有慢跑的習慣，對吧？」

「沒錯。」

敏敏：「如果是負重奔跑一公里的話，你估計會需要多久？」

「妳要我全力衝刺的話，我有自信在五分鐘內完成，最多不會超過六分鐘。」

敏敏：「好的……好，等一下進入牧場之後，我會在大約一公里外的距離先放你下車，你的工作是從後門潛入建築物、確認屋內沒有其他的同夥，而我則是將神秘人牽制在門口以爭取時間，等到我們用鉗形攻勢從內外合力將他拿下之後，我們才進一步搜查你朋友的下落，清楚嗎？」

「好的。」

敏敏哼笑：「我以為你還會有其他問題。」

「例如什麼？」

敏敏：「例如『如果屋內真有其他同夥的話應該怎麼辦？』之類的。」

「那並不是問題。」

敏敏：「很好，看來你已經做好心理準備。但要是整個情況失控的話，我們就得即興發揮，你必須知道，屆時場面將會變得很難看。」

「妳記得有次妳派我去清理一處黑道處決叛徒的凶宅嗎？連續四天，我的三餐都是在同一棟房子裡解決的，他們當時肯定使用了電鋸，以致整片地板到處都是肉末以及油膩的內臟脂肪，就連天花板的吊扇都黏著死者的頭皮，所以……我看過夠難看的東西了。」

敏敏：「別太驕傲，以前我還在上一代敏敏手下做事的時候，我曾替深海鑽井公司清理過故障的減壓艙，八個飽和潛水員在一瞬間發生內爆，他們殘餘的人體組織就好像替整個內艙鑲上了一層薄薄的咖啡色薄膜。我用了牙刷、刮刀和拋光機花了兩個禮拜才完成作業，每天工作告一段落，我都會發現我的頭髮、指甲、耳朵、鼻孔……

全都卡了一些飄浮在空氣中的粉末，這意味著我或多或少也將它們的一部分攝取進自己的體內，所以從嚴格意義上而言，我應該算得上有食人的經驗。」

「妳曾告訴過別人這個故事嗎？」

「沒有，你是第一個，」敏敏：「畢竟我很清楚：無論是在什麼樣的時間跟場合，一般人基本上都承受不了這種經驗談。」

「嗯……這或許是種職業傷害。」

敏敏：「你是指創傷壓力症候群？」

「不，我指的是『無法與別人分享自己生命經驗』的孤獨。」

敏敏：「這倒是。但我們都不是那種輕易讓別人進入自己生命的類型，因為我們本來就沒有想要向他人傾訴自己的強烈需求。」

「這理論正反講都能成立。」

敏敏：「沒錯，這種邏輯就跟語言上的『回文』一樣。但我們竟然能夠在這麼奇怪的時間跟地點坦然地聊起這方面的事，這得要有多麼小的機率。」

「是啊……」

敏敏：「因此，我才說我可以理解你那朋友對你的重要性。」

「嗯，謝謝。」我的思緒回到當前的任務上：「事實上，我對妳的計畫確實有個問題。」

敏敏：「怎樣？」

「妳長得一點也不像山姆，那麼妳要如何拖住神秘人？」

「這正是我打算即興發揮的一部分。」敏敏看著我：「相信我。」

穿越牧場破爛的柵門之後，敏敏關掉了車子的大燈，果然，從整片丘陵望去，夜色中只有一幢還亮著燈的平房，敏敏依計畫在中途暫停行駛，好讓我從側門下車。

敏敏點起一根菸：「四分鐘，那是我抽完這根菸大概的時間，然後我就會一路開到那棟房子的前門。」

「收到。」

於是，我朝著曠野中的那團亮點邁開腳步，起初速度並不快，畢竟踏在草堆上與柏油路面的觸感並不相同，我需要一點熱身來適應平常慢跑時根本不可能會穿的戰術背心，而且我也要平衡持槍的重心，但要不了多久，我的身體便很快與這些裝備磨合完畢，一想到高橋如果還活著，她的每一秒將會是多麼恐懼，這都激起了我的恐慌，而恐慌演變成了焦慮，焦慮導致了憤怒，憤怒致使我更加專注，我感受得到心跳正在加速，前胸加後背的兩塊抗彈板在我每一步腳掌落地之際都會將重量壓在我的肩膀上，為了使背心穩固，早先我拉緊的側圍限縮了我的呼吸，然而隨著腎上腺素的激增，在全力衝刺中，我發現我逐漸不再需要激烈而頻繁地換氣，我的所有感官都變得靈敏，彷彿我可以一直這麼衝刺下去……

「就快到了，」我心裡只有這個念頭：「我要徹底解決這個充滿惡意的威脅。」

穿越失耕的田野，我似乎比我自己預期的還要更快繞到這棟平房的後院，僅憑依稀的月光，我看見附近還有破舊的風車、半塌的穀倉。雖然那棟平房的室內透著燈光，代表仍有電力存在，不過這塊農舍整體樣貌呈現出一副荒廢數十年有餘的模樣。

而在其中最違和的莫過於停放於穀倉外的諸多現代車輛，跑車、禮車、休旅車、小貨車……乃至最新款的電動車都有，單從車輛去推估人數，屋裡幾乎可以開派對了，然而我卻絲毫聽不見一點人聲。

房屋緊鄰後院的是廚房，我抵在牆邊重新調整著呼吸，深怕連換氣的弱音都會引來人數不明的圍攻，儘管截至目前為止，我在附近都還沒發現其他負責放哨的武裝人員，難道說他們真的就這麼有自信？

相隔不到一分鐘，我聽見前門傳來了一陣汽車的喇叭聲，那是敏敏抵達的信號，遂而，我輕輕推開沒上鎖的拉門進入室內，並謹慎地用槍口搜索了每個角落，沒有……廚房裡沒有，浴室裡沒有，臥房裡沒有，儲物間裡沒有，多麼奇怪，這裡竟然一個人也沒有。

於此同時，我可以聽見敏敏正與前門外的一個陌生男子展開交涉，也許是為了吸引對方的注意力來掩護我，她刻意提高音量大喊著：

「只有你一個人嗎？我只負責送貨，不負責把人搬下車。」

陌生男子：「妳是誰？那個私家偵探呢？」

敏敏：「我說過，我只是負責拿錢跟送貨的，你說的那個人是不是私家偵探我不知道，我也完全不在乎。」

陌生男子：「先把人交給我看。」

敏敏：「不對吧，應該是你先把錢給我。」

陌生男子：「沒看見人，我就不給錢。」

敏敏：「你在耍我嗎？我怎麼知道你有沒有錢？」

陌生男子：「看見這包塑膠袋了嗎？錢就都在裡面。」

敏敏：「那就丟過來啊！」

陌生男子沒再回應。

趁著這段僵持，我幾乎已經把屋內的各處都搜遍了，完全沒有其他神秘人同夥的跡象，當然，也沒見到高橋。我壓低身姿、放輕腳步，一路來到了客廳，此時我已經能夠透過紗窗看清前門的情況：那個陌生的男人穿著一身白色的防塵衣外加橡膠手套，並且配戴了口罩及護目鏡，看起來就好像是在化學實驗室或晶圓廠工作的打扮，除此，他的腰間還掛著一組對講機。

想必這時還待在車上的敏敏已眼尖地看見我了，我正以在跪射姿勢揘在窗邊，將光學瞄具上的紅點對準了這個男人的背後，因此她催促道：

「聽著，我不管你們有什麼樣的交易，但在後車廂的那個人他血流滿地，我可不想要他死在我車裡，所以，我現在要打開後車廂，你自己走過來時可以順便交錢，然後自己把他搬下車。」為此，敏敏拉動手柄讓後車廂自動上掀：「你覺得這提議怎樣？我相信你也不想在這裡瞎耗上一整個晚上。」

陌生男子：「不用了，我相信妳，我先把錢丟給妳，但妳要幫我把他搬進門。」

敏敏：「隨便啦，你高興就好。」

說完，那名陌生男子彎腰就想撿起腳邊的黑色塑膠袋，可是說時遲、那時快，他並不是要拎起整個袋子，而是直接從裡頭掏出一把麥格農左輪朝敏敏所在的駕駛座連續開了好幾槍！

敏敏及時側壓身體躲過射擊，子彈穿越擋風玻璃後在駕駛座的椅背上打出了彈孔，發現自己失手的他還想要走上前去多補幾發，於是我直接瞄準了他的背後開了兩槍，肩胛骨中彈的陌生男子沒意料到我的埋伏，受到突如其來的衝擊力使得他整個人翻轉了半圈之後踉蹌摔在地上，但這並不夠，他仍有反擊的餘力，於是我踹開前門，朝著他的手掌又連連扣下扳機進行點射，空氣中迸發出一團血霧，這名陌生男子的手指隨之撒落一地，武器也從他那被子彈撕裂變形的掌中脫落。他痛得發出哀號，試圖用另一隻手將肌腱與骨頭外露的殘肢壓緊，我衝上前去踩住他的胸膛，敏敏也抓著她的 A300 下車來到這傢伙面前，用槍口抵在他的額頭上。她一邊咒罵、一邊命令著：

「幹，你他媽的……該死的白痴！你想跟我火拚？把另一隻手舉起來，摘掉你的口罩！」

經過這陣吆喝，他出乎意料地瞬間噤聲，然而隨之而來的是從原本的哀號變成了得意的哂笑，這種出奇的反應無比詭異。

「你覺得很好笑是吧？」說完，敏敏蹲到他的身邊，從口袋裡抽出一把折刀，沒有半點猶豫，她逕直發力，一舉將整把刀子捅進了這陌生男子的大腿。

瞬間的痛楚雖然又令他發出唔嗚，不過他很快地又從喘氣中恢復歇斯底里的狂喜；這進一步激怒了敏敏，於是她扭轉握柄，用刀身在他的大腿肌肉裡攪拌，從傷口擠出更多的血，但這偏偏動搖不了該名陌生男子，到最後幾乎難以分辨他到底是在尖叫還是大笑。

這時，我注意到敏敏的運動外套有被擦破的裂痕，我按住她的肩膀：「妳有中彈嗎？」事實上，我是希望能夠藉此讓敏敏暫時冷靜一下。

敏敏拐起手肘瞥了一眼：「只是擦傷而已。」

「妳能去檢查一下塑膠袋裡的錢嗎？畢竟我們答應了人家。」

「對……我們跟這傢伙不一樣。」敏敏知道了我的意圖，她拔出折刀，走向不遠處的塑膠袋，她翻弄一陣，只從裡面掏出幾包衛生紙：「哼……想也知道。」

我則留在原地主動拔除那陌生男子的防護眼鏡和口罩，他的真面目顯露，這個人留著修剪過的山羊鬍，髮型使用定型液仔細打理，身上還散發一陣古龍水的味道，他對自己的形象極其講究，完全不像普通的街頭混混，若硬要與犯罪產生聯想，我只會猜他出沒的那條街名叫華爾街，尤其當我拉開他連身防塵衣的拉鍊想要檢查他身上是否還藏匿什麼危險物品時，他身上穿的還是一套三件式的卡其色西裝，連領帶都是知名的奢侈品牌……

只不過重點是：我對他一點印象也沒有。

除了拿走他的手機跟車鑰匙，我也從他錢包中的駕照得知了他的真名為「班傑明．

沃馬克」，於是我開始對他盤問：「班傑明，你知道我是誰嗎？」

班傑明微笑著回答：「我當然知道。」

「我不在乎你盯上我的理由，我只想知道我被你綁架的朋友在哪兒。」

班傑明：「原來你還有朋友？」

儘管我的語氣保持平淡，不過我的拳頭卻接連朝他的臉部砸去：「告訴．我．她在．哪裡！」

敏敏也走了回來，抬腿就往他的下巴踹了一腳，班傑明翻身咳了幾口血水，並且吐出幾顆脫落的斷齒。我於他側躺之際取下他掛在腰間的對講機：

「我知道不是你幹的，你只是個中間人，真正想要擄獲我的人是誰？」

也許是輕微的腦震盪，班傑明已經有點意識渙散、口齒不清：「沒關係……反正我們……我們遲早都會死，你也要、要陪我們……一起。」

敏敏：「『我們』？所以你們總共有多少人？」

班傑明沒有回答，只是再度邊哭邊發出噁心的慘笑。

我拎起對講機與敏敏討論：「這玩具的功率只有零點三瓦，通訊範圍頂多兩到三公里，所以如果他要聯絡誰，他的同夥一定很近，否則他只需要改打手機就行。」

敏敏巡視一周：「但這片牧場面積起碼有上百公頃。」

「我在房子後面的穀倉發現停了不少車，要是他的同夥躲在可以看見我們的地方，那麼他們早就知道事跡敗露，應該快點開車逃跑才對，而我們到現在卻遲遲沒聽到什麼動靜。」

敏敏：「也許他們還在暗處伺機觀察中？」

「剛才的槍聲在曠野中發出了那麼大的噪音，外加他的狂笑，可是到現在這對講機一次都沒響過。假使連這個班傑明都有槍而且還主動朝妳射擊，那麼他的其他同夥不可能沒有馬上提供火力支援。」

敏敏：「所以……他們躲藏的地方看不見也聽不到我們？」

「這是我的推測。」

「這種地方……」敏敏認真思索一陣：「你在房子裡有找到地下室嗎？」

「沒有，裡頭空空如也。」

敏敏：「那麼就只剩一處還有可能了。」

「我想也是。」

敏敏走回後車廂，她取出競賽射擊用的腰封為自己繫上，上頭掛滿了方便掏取霰彈的置彈架，回頭再與我會合之際，她二話不說便對著班傑明的其中一隻腳踝扣下扳機，炸裂的爛肉於地面上形成一片小規模的獵奇現代藝術。敏敏說：

「我只是想要再做一次聲音測試；順便，我沒取他性命，不過他現在逃跑的機率基本上可以算是趨近於零了。」

班傑明不再大笑，他的目光呆滯，連呼吸都會發出異音，沒有意外的話，他很快就會進入休克。

而我和敏敏則是另有一個地方必須進行搜索。

來到穀倉，我使用從班傑明身上搜到的遙控器鑰匙找到了他的車，至於敏敏則是從附近的柴堆裡拔出了一柄斧頭，她當即就將其他車子的輪胎通通砍破，其後她將斧頭插在腰後：

「我要留下這個，以免遭遇近戰。」

「選得好。」

推開穀倉，敏敏利用加掛在儲彈管側面的槍燈進行搜索，果不出其然，一處通往地窖的鐵門正半掩地出現在我倆的面前，我率先想要沿台階步行而下，敏敏拍拍我的肩膀：

「等等，洛伊，我的武器比你適合當尖兵，而且你的體型比我大，排在後面我不方便掩護你。」

「好吧。」

交換完位置，我們兩人旋即往地道出發。這下面有些異於尋常，一般農舍的地下室不外乎是用來當作儲藏庫或雜物間，可是隨著深入的距離，我們才發現這底下的通道不是普通地長，除了頭頂都有鎢絲燈作為照明外，長廊的整體材質都是厚實的水泥，這裡簡直就像冷戰時期為了預防核戰爆發而興建的防輻避難所，雖說難掩年代感，可是若仔細觀察，它卻還有人在持續維護的痕跡，例如沿途我們注意了油漆到一半的粉刷工具以及尚未更新完畢的換氣管路，而幸運的是：他們居然連一台監視攝影機都沒裝？

好死不死，我們在通道的盡頭發現了分岔的路線。敏敏：

「『效率』還是『低風險』？你決定。」

「我走右邊。」我選擇爭取時間。

理解我意圖的敏敏自然轉往了另一個方向與我暫時分手：「記得，如果遇上麻煩的話，先開槍。」

我朝著敏敏豎起大拇指，隨即便把注意力拉回前進的方向。

不知走了多久，我總算於盡頭處看見了一道厚實的氣閥門，這東西沒有像銀行的金庫那麼大，但至少也像潛水艇上的隔水閘裝設有一個連結機械結構的轉盤。無論如何，想要開啟這道門絕對不可能悄然無息，沒再多加顧慮，我果斷抓住轉盤的兩側施以蠻力，在最短的時間內將它旋開，金屬噪音果然響徹整條長廊，這下門後如果有人，他們肯定都知道：我來了……

第九章

一進門，我就成了格格不入的存在，這裡的每個人都打扮得像是外頭的那個班傑明一樣，他們把自己包覆得嚴嚴實實，粗估現場男女加起來起碼有二十人以上。這座地下碉堡的規模就像一座記者發佈會的新聞簡報室，因為橫越在房間的另一端確實設置有一座講台，只不過每個人的座位並非逐排陳列，他們坐在折疊椅上圍成一圈，彷彿某種集體治療的現場。

這樣也好，如此一來每個人的位置就能被控制在我瞄準的範圍內。

我進一步上前，這時，其中一個人緩緩站了起來，這引起我的高度警戒，因此我最先提槍瞄準的目標就是他，但接著是第二個、第三個、第四個……乃至最後所有人都站了起來，他們同時望向我。

拍手……有人拍手了，宛若老套的喜劇電影結尾，先是有了第一陣緩慢卻又極具煽動意圖的掌聲，連帶地，其他人也跟著開始鼓掌，在這地下的密閉空間裡，回聲令人群的集體鼓掌聽起來格外響亮。

我開了一槍，打壞天花板上的其中一支日光燈管作為警告，但這完全止不住眾人詭譎而亢奮的舉動。有個男人走上講台，他用麥克風宣告著：

「各位女士先生，看看他，他一點事也沒有，毫髮無傷！」

群眾進而發出歡叫，我完全搞不懂這到底是怎麼回事，不過關於站在講台上的那個主持人，他的聲音……我肯定在哪裡聽過。

「這座神聖的禮堂是個安全又友善的環境，我們在這裡根本不需要帶著槍。」他說：「過來吧，別害羞，我們都在等你，洛伊．柯林。」

熱烈的鼓掌平息，群眾紛紛轉而向我招手，邀請聲此起彼落，不斷慫恿我加入他們的行列。

而我不為所動。

主持人：「你願意過來嗎？如果你不過來的話，那就換我過去囉。」

我照樣停在原地不動。

於是他小跑著躍下講台的階梯，敞開雙臂走向我，他那樣子令我感到莫名噁心，正當他靠近的距離已經能夠擁抱我時，我生理上發出了強烈的排斥反應：我朝他的胸口狠狠踹了一腳，力道之大，以致他跌倒時還滑行了一小段距離。其他人見狀爭先想要上前攙扶他，只不過他撥開眾人伸出的援手，憑著自己的力氣再度站起來。

看著一大群人圍上前來，我不得不對這強烈的壓迫感做出最壞的打算，因此我悄悄地用大拇指將槍身上的選擇鈕撥到了全自動射擊模式。

那名主持人拍拍自己的身體、安撫著眾人：「沒事、沒事，我沒事，我跟洛伊只是太久沒見了，尤其我們都穿成這樣，他一時間認不出我也是理所當然的。」

隨後，這個站在我眼前的男人掀開了防塵衣的帽兜、取下護目鏡與面罩，儘管經過這些年他改變了髮型，但他那張臉我永遠都不會忘記，「達米恩．麥肯錫」，突然間這一切似乎都能串起來了，因為，他就是害死我姊的前姊夫。

「不可能……你應該還在牢裡才對。」

「因為我態度合作、表現良好，所以？」他故作矯情的聳聳肩：「外加，我們的家庭律師很厲害。」

經他這麼一提，站在他身後又有一男一女先後站了出來、卸除偽裝，他們正是達米恩的父母「布蘭特」與「茱蒂」。

「你到底想要什麼？」

達米恩：「在艾琳發生了那樣的悲劇之後，我想了很多，我覺得我有義務照顧她僅剩的家人，所以我才會不停想要找到你。」

「放屁！我不要再聽你提到我姊的名字！不要把她的死形容得好跟你們全家一點

關係也沒有的樣子！」

達米恩：「我知道你現在一時之間很難接受……」

「夠了！省省你噁心的虛偽吧。」我切入正題：「這一堆變態的行徑到底想幹嘛？我的朋友呢？你們把她綁到哪兒了？」

「『綁架』？我們不會幹那種強迫人的事，在這裡出席的所有人都是自願的。」達米恩一邊說著，一邊二度向我接近，在他引領下，現場所有人也跟著慢慢湊上前來。

為免被包圍，我只能緩步後退，以一條弧狀的路線與對峙的群眾環場周旋。移動間，我堅持要他說出實話：

「快點交代出她在哪裡，否則我完全不介意殺光現場的所有人。」

「我還是聽不懂你在說什麼，」達米恩：「但那無所謂，因為我們本來就期待著淨化的降臨。」

「幹……你們這群瘋子。」原來，眼前的這些人都是和達米恩一家同樣腦袋不正常的幸福學會會員。

達米恩：「這五年來我一直在找你，而你卻消失得無影無蹤，等到我終於再次發現你的時候，你已經在從事著這份神聖的工作，就連你的私人生活也都跟我們所追求的幸福方程式是完全一樣的，你不覺得這一切都是命運的安排嗎？」

「我唯一可以想到的安排就是把你們通通送進太平間。」

達米恩依舊像個典型的反派自顧自話：「洛伊，聽我說，你還有家人，我們就是你的家人。」

「去你的家人！」

達米恩：「這是我唯一能夠彌補艾琳的……我必須也讓你加入我們的淨化，或者如果你願意，你也可以來帶領我們？」

薄弱的動機、扭曲的認知、病態的心理……不知不覺，我竟然被逼到了講台上，卻也在這裡，我聽見了細微的求救聲：

「洛伊？洛伊，我就在這裡！」

是高橋，在講台的布簾後，高橋就被囚禁在這裡。

我大聲斥喝著：「在這後台是什麼？你還不承認你綁架了她嗎？」

達米恩舉起手勢要其他的信徒們停止動作，他從口袋裡掏出了一枚遙控器，按下按鈕，電動簾幕自行沿著軌道往兩側退開，旋即，我就看見了被困在一座玻璃箱裡的高橋。

「妳還好嗎？還能走路嗎？」

高橋：「我沒事。」

眼前更怪異的景象出現了，這群學會成員如同儀隊整齊散開，他們動作統一地朝著台上的玻璃箱合掌膜拜，同時集體吟誦著聽不懂的禱告詞，那聽起來簡直就像來自黑暗深淵的唱詩班，現場氣氛帶來我從未感受過的壓迫力，曝露在這陣合唱底下的每一秒鐘都是精神污染。

現在我終於知道，艾琳當年宣稱不想再看見我其實是種警告，因為她也經歷過一切，這個團體從來就跟「幸福」扯不上任何關係，它就是個貨真價實的邪教。

「真他媽夠了……」呢喃過後，我囑咐著高橋：「把臉蓋住，小心碎片。」一見到我將槍口對準了玻璃，高橋立刻瑟縮身體，抬手掩護頭部；扣下扳機，我在箱面上掃出了一條垂直的彈孔，接著用手肘撞碎了一部分的玻璃，高橋也由內部使勁用腳往外踹，不一會兒，整座玻璃箱就毀了大半，高橋終於得以從裡面脫身。

這些教徒目睹我破壞了玻璃箱，他們無不大驚失色，連連發出震撼的慘叫聲，我真搞不懂他們的反應，但我也懶得甩他們，「成功帶著高橋撤離」才是我當前的最優先事項，這一直都是。

達米恩暴怒了，他握緊拳頭，大步跨上台階：「都看看你幹了些什麼！」

我也不再壓抑我的情緒，於是我開槍打碎了他的膝蓋，重心不穩的達米恩霎時又滾回了台階下去，周圍的信眾爭先恐後地想要接住他，可是達米恩卻推開了其他人，他怒氣沖沖地指著我發出狂躁地怒吼：

「肏！洛伊，你就跟你的姊姊一樣！你的整個家族全是該死的瘋子！」

我才不管達米恩怎麼挑釁，為了提高從這逃出去的生還率，我交代著身後的高橋：「在我左邊的口袋裡就插著妳的那把 P938，快點把它掏出來，我們要準備闖出去了。」

「不，你應該在這裡就殺了他。」她傳來的語氣無來由地變得冷淡，我絲毫感受不到高橋的任何情緒，而且那內容也幾乎不像她會說出的話。

我催促著高橋：「妳在說什麼？快點拔槍就對了。」

高橋：「不只是他，在場所有的人都得死。」

「什……什麼？」

「嘿！」達米恩抱著血流如注的膝蓋對我大吼：「你又開始發作了嗎？你這個自言自語的神經病！」

自言自語……他在說什麼？想讓我分心的話術？這有什麼意義？

遲遲沒有感受到高橋將手伸進我的口袋，於是我乾脆主動把槍掏出來遞給她，但即便如此，我持槍的手依然懸在半空中，高橋始終沒有接過那把P938，心急如焚的我在打算快速轉頭查探一眼之前逼問了一句：

「高橋妳還在等什……」

她不在我的身後。

我以為是我眼花了，或者高橋悄悄挪動了腳步而我沒注意，於是我在警戒之餘又旋著眼珠、用眼角餘光多次追加確認，沒有……我到處都看不見高橋的身影，立於我身後的只有那半毀的玻璃箱，除此就只有一組置放在殘破箱體內、印刷有成串怪異符號的卷軸，高橋她……居然憑空消失了？

「怎麼了？」達米恩問：「你的想像朋友破滅了嗎？」

不……不可能，高橋是活生生的真人，我不知道這幫教徒對我做了什麼，是燈光發出的特殊光譜擾亂了我的認知嗎？還是剛剛的吟唱對我產生了催眠的效果？高橋一定還在，我剛才明明親眼看見了她。

那陣偶爾會復發的收音機雜訊又在我的腦中響起，這時，高橋的聲音再度浮現：

「不用擔心，我還在這裡。」

「不是現在，我分辨得出來妳只是幻聽，但高橋無論如何都是真實存在的。」

「你是說像這樣？」語畢，在我瞄準的人群裡，有個人也卸下了偽裝，那個人正是高橋。她脫下防塵衣，從眾人的縫隙間擠身來到達米恩的背後，並從腰間拔出了她的P938指著達米恩的後腦勺。

我的一隻手上正握著一把P938，而眼前的高橋也持有另一把一模一樣的P938，她無須開口我就能夠在腦子裡聽見她的聲音。高橋說：

「你心裡很清楚，你一直都知道自己在偷偷暗想著『如果哪天還有機會遇見這個害死我姊的人渣，我一定要親手幹掉他』，所以，你不得不認同他一部分的說法，這幾年你的工作經歷，對於心理素質的養成、對於體能上的自律、對於各類致命方法的見識……乃至你曾對余安親手扣下扳機，甚至是有關如何操作你手中那把衝鋒槍的知識，最後發現想要騷擾你的神秘人竟然恰好就是你最怨恨的對象，這趟旅程的確很像命運為了這一刻而專門施加給你的復仇訓練。」

「我想要……復仇？」

高橋走向我：「沒錯，反正這些人的終極目標是尋求淨化，那麼你就乾脆成全他們吧。」她用手指輕輕壓在我的槍管上，我所瞄準的彈著點便立刻從達米恩的身上偏移。高橋：「順道一提，他的父母也是幫兇，一樣不能放過。」

我甚至還沒有來得及恢復注意力，兩梭連射的子彈便直接打在了布蘭特和茱蒂的胸口上，鄰近的幾名教徒同樣完全來不及反應。眼見自己的雙親在眨眼間就遭到擊斃，達米恩也急著從他外套的內袋裡掏出他的手槍想要瞄準我：

「洛伊！你這該死的混帳！為什麼你就是不願乖乖地像你姊一樣接受淨化呢！」

說完，這句話正式成為他的遺言，達米恩的頭顱上出現了一大一小的兩個洞，他被子彈破壞的頭骨與腦組織濺得一地，特別是在他躺平之際頭部與地面發生碰撞，因此又多漏出了一點腦漿出來。這一槍是我在擁有清楚意志下所開的。

「安全又友善的環境」？「根本不需要帶著槍」？是啊……我應該帶一把火焰放射器才對，這樣才能把這鬼地方變成一座充滿尖叫的遊樂園。

剛才那正好是我這把 MPX 膛內的最後一發子彈，我趕緊換上一枚新的彈匣，按下槍機釋放鈕將 MPX 重新上膛。

「下一個輪到誰？啊？你們不是想要被淨化嗎？」我對著眾人吆喝著。

那些教徒呆若木雞，沒有一個人敢身先士卒，於是高橋提示我：

「那卷軸對他們來說好像很重要？」

旋即我抄起他們供奉在玻璃櫃的卷軸，這些教徒的眼神變了，他們對於我直接用手觸碰他們至高無上的聖物感到又驚又怒，而我則繼續高舉它，試圖逼退眾人清出一條道路，好讓我能夠從出口的那扇閥門脫離。

我感覺自己就好像一個舉著燃燒的信號棒、行走在陌生星球上的倖存者，這些眼前的傢伙全都是畏光的人皮怪物。當然，這支卷軸根本不是什麼蘊含神秘力量的聖物，因為我甚至可以看見它的軸桿上還刻著製造商以及印刷日期：「一九九六年，亨利禮品工坊」。就連《顫慄黑洞》（*In the Mouth of Madness*，1995）的上映日期都比它還早。

終於，有個女性教徒奮不顧身地衝向我！我用提著卷軸的手抵擋住她的擒抱，同時還用槍口貼著薄薄的紙捲抵住她的腹部射擊了一番，對方默然抱著彈孔密布的卷軸倒地，從她身上溢出的鮮血一弄髒了卷軸。恐怖平衡至此在瞬息間被打破，眾人輪番喊著：「淨化他！」追隨著前一個教友，他們前仆後繼朝我襲來，我彷彿在面對一整支不要命的橄欖球隊。

我不斷朝著蜂擁上前的人群開槍，這時我已無法精確瞄準，顧不得是否該節制彈藥，總之誰敢逼近我，我就朝著誰死扣扳機。一輪射殺之後，他們開始懂得分散開來、從不同方向發起進攻，因此我也只能在有限的空間裡不斷移動。宛若喪屍或嗑了天使塵的毒蟲，不少人即使身負數槍卻仍在地上一邊高亢的嘶吼、一邊奮力爬行。

很快地，我又清空了一排彈匣，正當我準備換彈之際，一個不留神，我的褲管就被某個不甘老實趴下的老婦人揪住，縱使她已拖著一地黏稠的血痕，她仍硬是要把我給纏在原處，我不停踐踏她的臉，奈何連她的護目鏡都被踩碎了，她居然一樣不肯放棄鬆手。

這顯然給其他人製造了難得的空檔，效仿著神風特攻隊，在高喊：「淨化！」的口號中，又有兩名教徒飛身將我撲倒，不慎脫手的 MPX 被他們踢開，眼見我遭到壓制，其餘的教徒拽著我的兩條腿朝房間正中央拖行，視角上下顛倒的我看見其中一人已經高舉著金屬折疊椅準備朝著我的頭部砸下。

千鈞一髮之際，我想起了我的腰間還佩掛著一把 M1911，一摸到槍套，我立刻拔槍射穿了那個男人的下顎，他仰頭吐血，原本高舉的折疊椅也因鬆手而掉落，還沒結束，我又開槍射殺了揪住我雙腿的那兩個人，確定得以掙脫，我連忙狼狽起身，沒想到尚未完全站穩，一名女性教徒又跳上了我的背、用雙手牢牢架住了我的脖子，她勒得我無法呼吸，這一招很危險，要是再持續被箝制，我一定就會缺氧昏迷。

果然堅持不到半分鐘，我的意識就逐漸模糊，高橋的聲音在我腦中大喊：「不要放棄！」

於是我爆發出暈厥前的最後一點蠻力將那個女人施以受身過肩摔，一改變位置，我大吸一口氣，隨即我爬上前去一手壓住她的臉，一手將 M1911 的槍口插在她的眼窩，將一發點四五口徑的彈頭送進她的腦袋裡。

才剛幹掉這個女人，下一名教徒又冷不防地掃腿踢中我的側腹，這個人身形壯碩，看似肥胖，但那應該滿是肌肉，因為他重踢的力道剎那間讓我離地飛起，在感受到失重了兩秒左右我才又摔回地面，他立刻跨坐在我的胸膛上，頓時，我的肺感覺就好像快被壓垮了，我甚至可以聽見自己的脊椎跟肋骨發出了清脆的骨裂聲。他掄起大拳就要朝我的頭部搥下，哪怕我已經提前架臂阻擋，但那一擊還是輕易令我破防，被打中的側耳嗡嗡作響，可是兇狠的拳擺接二連三，完全不給我喘息的餘地，左、右、左、右……我的防禦在他的連續重拳之下顯得脆弱而不堪。

關鍵時刻，我看準了時機擺動頭部，害得他的拳頭直接砸在堅硬的水泥地板上，趁著他因突如其來的疼痛而抽手，我倏然將 M1911 抵住他的腋下打光所有剩餘的子彈，天啊……這個男人真是皮糙肉厚，就算是零距離射擊，我也只看得見子彈射入的孔，完全沒發現有貫穿射出的洞。

但這至少對他的內臟造成了一定程度的破壞了，對吧？快點倒下吧，你這個肌肉過剩的怪物！

然而他並不如我所願，即使體內卡了好幾發子彈，他還是有力氣可以掐住我的脖子，將我用力甩盪，以至於我的後腦勺反覆撞在水泥地上，我試圖抱頭用手掌作為緩衝，結果這男人改而藉用整個上半身的重量死死擠壓我的咽喉。

餘數不多的信徒發出鼓譟，他們連番喊著：「捨棄！」、「淨化！」、「捨棄！」、「淨化！」……

我看著束手無策的高橋，我想念那只有三條腿的衛星，雖然我不想放棄，我完全不想被這些瘋狂的邪教徒殺死，相反地，我才應該是要將他們無差別殲滅的人才對，但……我是真的想不到其他反擊的方法了……

就在我快要闔上眼睛之際，我感受到臉上滴著某樣溫熱的東西，耳鳴逐漸消失，取而代之地，是有如雷鳴般的轟天音爆。

「是大雷雨嗎？」我心想著：「在這地下的室內怎麼會下起雷雨？」

再度睜眼的我，首先映入眼簾的就是漫天飛舞的血漿、棉絮與肉渣。我想起來了，我一直有個守護天使，而她就是正手持 A300 半自動霰彈槍，一面邁著勢不可擋的腳步，一面用十二號鉛徑彈讓成堆邪教徒體內重金屬超標的敏敏。

面對如此兇猛而壓倒性的火力，邪教徒們只能四處逃竄，他們炸開的身體染紅了原本純白的防塵衣，在殘忍又血腥的單方面屠殺中，這一幕卻又營造出一股神聖的美感，沒有死透的人也接連發出淒慘的悲鳴。

打完一輪霰彈，敏敏馬上再度將腰間的備用彈殼一發、一發塞進填彈口：

「回來啊，你們要去哪裡？都看看你們對我的員工做了什麼？」

重新架好A300，敏敏一邊向我邁進，一邊清剿剩餘的邪教徒，她的態度輕鬆自若、節奏游刃有餘，短短幾秒內，現場就不再有人還能夠站著。最後，敏敏瞄準了還專心壓在我身上的那個胖子，她開了一槍，擴散而出的鉛珠打在他的半片身體上，他的耳朵、臉頰與脖子都嵌入了飛梭的霰彈，伴隨口罩脫落，那些彈孔還冒出了些許的輕煙，一陣搖晃，這個胖子總算倒在一旁，我也支撐著自己的身體，從被他壓住的腿下爬行出來。

敏敏幫了我一把，她拉住我戰術背心後的提帶加速將我脫離：「你還好嗎？」

就算還是呼吸困難，我仍硬是要逞強地回上一句：「比他們好。」

此時，敏敏注意到那個胖子沒有死透，他在換氣時，嘴裡還會冒出連連血泡，於是她將槍管對準了他的臉：

「被你們綁架的那個女人，她到底在哪裡？」

那胖子沒有回答，只是露出微笑，並且抬起顫抖的手對著敏敏比出了一記中指。

我起身從敏敏的背後慢慢靠近，搭住她肩膀的同時，我也取下了她早先為了近戰而掛在後腰上的短柄斧：

「那已經不重要了。」

說完，我直接將斧頭劈在這胖子的臉上，以防他的生命力過於頑強，我另外還用腳將卡在他臉上的斧頭踩得更深入一點，直到他的頭骨明顯岔裂剖開。

我拖著疲憊的腳步在一具屍體下面找到了弄丟的MPX，插上新的彈匣、完成剛才被中斷的上膛。敏敏看見我的模樣，她也跟著重新填彈：

「你的朋友……她死了嗎？」

「喔，不，她沒事，她還活著，只不過有一個非常嚴重的問題……」我看著敏敏：「我剛剛才意識到她不是真人，她只是我幻想出來的想像朋友。」

敏敏搭住我的肩膀：「等等，你認真？」

「是啊……對，我是認真的。」我決定向她坦承了：「敏敏，關於我，有一件很重要的事情是我從來沒對妳說過的：我的家族有很嚴重的精神病史，我曾以為這件事情不會在我身上發生，直到後來開始出現了一些跡象，於是為了避免造成別人的困擾，我才遠離了一切，把自己隔離起來，好讓自己可以安全地惡化。反正我已經沒有其他的家人，我也沒有任何的朋友，雖然我看起來還能正常運作，但我其實很孤單，我太寂寞了，一直都是……」

敏敏語氣堅定：「但我沒有感受到你有任何異常。我記得在很久以前我就對你說過：在你看似凡事都不在乎的表面下，實際上你在乎的比你意識到的更多，所以你才能夠去幫助那些來找我們委託清潔工作的客戶，你用你的寂寞去補足了他們人生中最孤獨的時刻，你讓他們走得很安詳。」

「可是我與客戶之間也只是一次性的朋友。」

敏敏：「那麼我呢？雖然我專門負責幫你安排工作，可是我也說過你有何需求都可以找我，我以為這是不給你造成壓力的默契，包含如果你需要有朋友陪伴的話。」

「妳是如何看穿我的？」

敏敏：「如果你還記得我跟你說過我如何進入這一行的故事，那麼答案應該就很淺顯易懂，難道不是嗎？」

「妳是真的嗎？」

敏敏牽起我的手觸碰她的臉頰、她的嘴唇、她的脖子、她的胸膛：「你有感受到我的體溫跟心跳嗎？」

「嗯……妳的皮膚很燙，妳的心跳也很快。」

「我才剛為了救你幹掉整座地下室的怪胎，現在還在激動與緊張之間徘徊，這難道不是活人會有的正常反應嗎？」敏敏：「我曾嘗試過自殺，我也協助過別人自殺，但這並不代表我就是個殺人魔啊。」

「那麼像我們這樣的人算是什麼？」

敏敏：「你應該很清楚這答案。」

重傷的邪教徒依仍發出此起彼落的哀號聲。

敏敏：「話說回來，這群人是什麼陰謀俱樂部的成員嗎？」

「他們是一群邪教徒，相信摒除慾望就是淨化靈魂的唯一途徑，物慾、食慾、睡慾、性慾、求生慾……」我指向倒臥在講台下的達米恩：「他就是我們在找的神秘人，他們全家都信奉這套畸形的心靈偽科學，這裡全部的人都是……他正是害死我姊姊的前姊夫。」

「全他媽一樣，一點原創性都沒有，」敏敏：「因為他們有錢到沒種親自實踐，所以才需要誘拐能夠獻祭的受害者來充當代理人，對吧？」

「沒錯。」

敏敏看著地上那些還沒斷氣的生還者，沉默一陣之後，她端起了懷中的霰彈槍：

「那麼我覺得作為專業的清潔顧問，我們有必要將這裡徹底消毒，你覺得呢？」

「我想的也是。」

於是，我與敏敏分工合作，如同高橋建議我的，在一陣又一陣的槍響中，我們把這群邪教徒通通都給淨化了。

儘管難以保證這裡的所有人就是該邪教的全部，可是我與敏敏務實而全面地將此處完成了清剿。回到地面上，我倆合力將其中一輛邪教徒的車推進穀倉裡，讓它的底盤壓在通往地窖的鐵門上，敏敏打開油箱、塞進了一把乾稻草，其後使用打火機點燃了它，汽油的焚燒速度很快，過不了多久，不只那輛車開始冒出濃煙，連帶整座穀倉都受到波及，燃起了耀眼而灼熱的火焰。

我與敏敏沒有繼續留下的理由，於是我們分頭行動，我負責駕駛工程維修車，而敏敏則是開走班傑明留下的特斯拉，就這樣一前一後，我們要返回市區了。

如果有人擔心那名私家偵探——山姆——的下落，別擔心，敏敏信守了她的承諾回到事務所替他鬆綁，雖然沒能從邪教徒手裡拿到他們答應會給的現金，不過敏敏將班傑明的車鑰匙留給了他，以作為撞壞他那台 Altis 的補償。

脫下裝備、繳還武器，敏敏說剩下的雜務她會解決，要我趕緊回家洗澡休息。如果這個週末有空的話，她想約我一起前往黃百合體育場共進早午餐，因為這個禮拜剛好有一個月舉辦一次的大型跳蚤市集。

有空，我當然有空。

不靠酒精、不靠藥物，我睡了四個小時，這應該算是改善的開始吧。多麼奇妙，儘管還是半夜，但只要睡過一覺我就會覺得幾個小時前才剛發生的事已經算是昨天，我沒有感覺到親手殺死那群邪教徒以及那座地下室最後屍橫遍野的景象對我帶來什麼樣的精神創傷，此外，對於「高橋只是出於我的幻想」這件事我也能全盤理解……

好吧，我的確仍有些懷疑，我指的是在我的日常生活中，到底還有什麼是我幻想出來的？我真的已經全身而退地回到公寓了？還是我目前正躺在手術台上昏迷著？又或者我仍躺在那地下室、於瀕死的最後一刻將時間無限放大？

一旦當事人體悟到了自己有思覺失調的病識感，這類的幻覺還會繼續發作嗎？我不懂這當中的心理邏輯是怎麼運作的。

沒有浴缸，我只能將換下來的衣物浸泡在廚房的流理台和浴室的洗臉槽裡，清洗血跡的第一項要點就是千萬不能使用熱水，因為高溫會使得血液中的血小板與蛋白質固化，進而與纖維鑲嵌在一起。想要去除乾掉的血漬，比較有效的道具是小蘇打粉，由於碳酸氫鈉屬於弱鹼，能夠與血中的胺基酸產生化學反應，接著倒入弱酸的白醋作為中和的溶劑，經過適度的搓揉，血跡就會慢慢被洗掉。至於我的鞋子，我則選擇使用牙膏加上澱粉，之後再用軟毛刷慢慢刨刮，直到澱粉酶溶解出了氧化的鐵離子而變色，那麼血跡就能被解決。

帶著經過第一波清理過的衣服，我又來到了二十四小時經營的自助洗衣店，並且投幣買了一包含有酵素的濃縮洗衣精。看著機器運轉的同時，我突然有個想法：也許我需要添購幾件新的衣服，順著這個念頭往下想，這不就意味著我可能需要跟著汰換一個更大的行李箱？外加，我還決定領養衛星，如此一來我購物清單上的物品又會變得更多了。

這些都是我對於未來的考量，昨日的種種反而顯得超現實。

我在該吃飯的時候吃飯，該跑步的時候跑步，該睡覺的時候睡覺，就算提早醒來，我也依循著高橋過往的建議將腦中所想的事情用紙筆記錄下來，用以打發時間、釐清記憶、描述這段離奇的經過。我沒在新聞上看見任何集體失蹤的消息，這有點不太自然，那些邪教徒應該也有自己的親人、朋友及同事，無論在他們私人的生活裡扮演著什麼樣的角色，一旦莫名消失，照常理而言都會引起相關人際的察覺並通報，除非警方早已知情而將這一系列的案件進行了非公開的調查，也有可能他們的親友實質上或多或少同樣也涉入了這個邪教，無論是直接或間接的。比起遇上警方帶著逮捕令找上我，我更期待的是其他邪教殘黨的出現。

對，我用的是「期待」這個字眼，當然，這個前提也是建立在如果他們見過那地下碉堡後來的慘狀還有膽子的話，我覺得該害怕的人是他們才對。

總之，經過五天的休息，什麼事情都沒發生，時間來到了我與敏敏約好的週末，我騎著共享單車來到黃百合體育場的跳蚤市集與她會合。敏敏臉上的傷還在，但比起那一晚已經好多了，她綁著馬尾，穿著一襲靛藍色的亞麻洋裝，搭配淡栗色的針織毛外套與皮革製的休閒鞋，這與我先前每次見到她的形象都截然不同，我甚至不知道她其實需要戴眼鏡。

在行動餐車點了古巴三明治及兩杯冰啤酒之後，我們找了一處有洋傘的桌位坐下，看著來來往往的人群，和煦的陽光、涼暖適中的氣溫，這一切無比愜意。

看著我遲遲沒動手拿起盤中的三明治，敏敏問我：「怎麼了？一切都還好嗎？」

「嗯，一切都很好，我只是……在感受這個當下。」

敏敏：「你還是殘留有一點難以置信的認知偏差，對吧？」

「稱不上是恐慌，不過我難免會有疑慮：眼前所見的、耳朵所聽的、皮膚所觸碰的……哪些才是現實？」

「全部都是，洛伊，全部都是。」敏敏：「一個禮拜前，我們還在想著怎麼對付神秘人、如何救出你的朋友，結果在兩天內拷問了那私家偵探、揪出了秘密社團的地下集會所、手刃了害死你姊的兇手、殺光了所有的邪教徒；而現在，我們竟然可以沒事地坐在這裡，吃著剛烤好的古巴三明治、喝著冰涼的修道院啤酒，就旁人眼裡看來，我們與他們無異，只是兩個好朋友約在這個適合散步的場合聊天。這一切的一切……全部都是現實。」

「是啊……」敏敏在這公眾場合毫無避諱地談論這整件事令我覺得她越來越像從電影裡走出來的人物，我不由得笑了一下：「妳聽起來就好像是在引用《烈火悍將》（*Heat*，1995）的經典台詞。」

敏敏挑起眉毛：「喔，是嗎？我還以為自己比較像是《終極追殺令》（*Léon: The Professional*，1994）裡的胖東尼。」

「所以妳的生意怎樣？我給妳搞砸了很多事，對吧？」

敏敏：「很多東西亂成一團，現在正在重建中，這不是什麼大問題，反正遲早新的營運系統會再回歸正軌。」

「我還以為妳會把我開除。」

「我從來不主動開除人，」敏敏強調：「這條產業鏈上的每個人都有自由離去的選擇。」徐風吹來，我終於吃起了盤中的古巴三明治，幸好，裡面的起司還是熱的。

敏敏喝著啤酒，掏出隨身菸灰缸擺在桌面上，準備點起一根菸，她絲毫不在意路人的眼光。我倆彼此都進入一陣安靜之後，敏敏才主動開口問道：

「說吧，你在想什麼？雖然不難猜到，但我就是想要聽你親口說出來。」

「經歷過這次的事件，在我的腦海裡，我產生了兩個想法。第一個是在去逮捕神秘人之前，我曾想過：等到事情解決，我就要從這一行退休，我要徹底告別這一切，遠遠搬到完全陌生的城市，惠蒂爾、魁北克、愛丁堡、慕尼黑、墨爾本……東京？」

敏敏托起下巴看著我：「那麼第二個想法呢？」

「我不想再搬家了，我不想要隨時都準備好在十五分鐘內就能撤離到另一個不知名的地點，我想要把行李箱裡的東西拿出來，讓衣服可以掛進衣櫥、讓鞋子可以擺進鞋櫃；我想養一條狗，我連牠的名字都已經取好了。」

敏敏：「你想要定居下來。」

「沒錯。」

敏敏：「如此一來你就需要更適合的住處，以及更有安全保障的工作。」

「對。」

敏敏：「那麼你顧慮的癥結點是什麼？」

「但是我喜歡『清潔顧問』這份工作，或許這也是我唯一擅長的。」

「我聽懂了你話中的意思。」敏敏：「先說好，這不是什麼思想教育，選擇第二個想法吧，因為如果第一個方案已經夠好，你根本不會再構想第二個方案。除此之外，如果你有意願的話，我想和你分享我自身的經驗。」

「當然，請說。」

「『清潔顧問』是一項意義非凡的工作，這不代表它有多麼高尚，而是……正由於我們都體驗過常人不曾經歷的事情，所以我們對於顧客的心理更能產生共鳴，畢竟這個社會大多時候都將『死亡』視作一件負面的事情，更別提『自殺』在許多文化裡更是禁忌，如果種族、階級、性別都能有被公眾認真對待的機會，那麼誰來給予我們的顧客暗自渴求的認同感？」敏敏的手指在桌面上來回輕輕敲打：「人們會留意他人是否還活著，可是對於別人活下去的方式、品質與代價漠不關心，畢竟只有死亡人數方便被量化。」

「所以妳成為了『敏敏』。」

「而你，洛伊，」敏敏指著我：「則成了自殺者的救生員。」

「不是『死神』嗎？」

敏敏：「我不明白你為什麼會那樣自責，就算你的人生與工作不時遭遇死亡……但誰不是呢？每個人都忽略了一件事實：其實我們無時無刻都在慢慢地死去，每一天都有可能是我們的最後一天。」說完，敏敏熄掉了燒短的菸蒂。

吃完三明治、喝完啤酒，我們開始在市集裡閒逛，越接近中午，體育場裡的人也跟著越多，各種攤販琳瑯滿目，傢俱、衣服、電器、書籍、藝術品……

敏敏在每一個攤位前逗留時，她的目光不單只是在估價與揀貨，她同時還會進一步詢問攤商特定品項背後的故事。

「我喜歡跳蚤市集，因為你已經不想要的，可能正是別人需要的。」她說。

逛到了批發的貨櫃集裝區，我突然想詢問敏敏一個問題：

「妳覺得……我有可能成為另一個『敏敏』嗎？」

「只要你有意願的話，我不介意把我會的一切都分享給你。」話鋒一轉，敏敏對我說：「你得清楚你自己想要被人以什麼樣的形象所記住，尤其是你對自己的看法。」

這項建議讓我陷入一小段的靜默與沉思，因為高橋似乎也對我說過類似的話。堆疊在一起的情緒就快出現了結果，最後，我做出了決定：

「嗯，那麼就讓我搬最後一次家吧。」

敏敏：「需要幫忙嗎？」

「需要。」

敏敏：「能夠與狗一起生活的房子，對吧？牠是什麼品種？」

「傑克羅素㹴犬。」

敏敏：「瞭解，我會盡快幫你搞定。」

「謝謝。」

敏敏：「話說回來，你從來沒跟我介紹你的想像朋友是個什麼樣的人。」

「她很聰明……就跟妳一樣。」

敏敏：「你是指跟『你』一樣吧？」

她機靈的反應讓我忍俊不禁地笑了出來，而敏敏也受我的感染、被自己的笑話惹得哧哼竊笑。

「總之，我最近正在撰寫回憶錄，如果完成了，妳可以從我的文字裡用自己解讀的方式認識她。」

敏敏：「好的，我會很期待。」

終章

與敏敏分開之後，我旋即前往流浪狗救援中心，在前台值班的凱特一眼就認出了我，我只是微笑了一下，凱特就心領神會，她簡短地追加確認著：

「就是今天，對吧？」

「對。」

於是，我們一路來到了收容間，不少狗兒都表現得十分興奮，尤其是那些曾被我照顧過的。終於，我們來到了衛星的門前，在牠看見我時，第一時間並沒有顯得特別激動，反倒是愣在原地、靜靜盯著我，彷彿不敢置信我真的回來了，直到凱特揭開了透明的壓克力門板，衛星才瞬間瞭解了情況，儘管牠只有三條腿，但牠還是用盡全力朝我飛奔而來。牠縱身一躍、徹底信任我會在半空中就接住牠，而我也的確如此，被我摟在懷中的衛星一面發出嗚咽聲，一面又連連舔著我的臉，牠大大的圓眼盯著我，似乎是在傳達無聲的質問：

「為什麼這麼久？」

「抱歉，讓你久等了，」我脫口而出：「但我信守了我的承諾。」

最後，在所有工作人員的祝福下，我順利完成了領養手續，同時，救援中心也贈送了他們特別編織的項圈與牽繩，連帶地還有衛星慣用的鐵碗以及能夠讓牠放心的小毯子。

牽著衛星，我倆回到了我所居住的公寓，牠沿途不斷聞嗅，我以為牠會主動找到我的房號，然而意外的是牠最後竟停坐在高橋的門前，難道這段日子我其實以高橋的身分待在隔壁的時間更久嗎？不管如何，我按下了門鈴……

不出一會兒，房門被打開了，高橋探出頭來，一見到衛星，她就連連誇讚牠有多可愛，而我一鬆開牽繩，衛星就直接竄進了高橋的房屋裡。舉起鐵碗，我不好意思地詢問高橋：

「方便讓牠喝點水嗎？」

「當然！請進、請進。」在邀我進門之後，高橋不僅接過了我手中的鐵碗到廚房的流理台裝水，同時她還問我：「你需要茶或咖啡嗎？當然，我也有可樂。」

「最不麻煩的應該是可樂，對吧？」

高橋：「好的，沒問題。」

高橋把盛滿水的鐵碗擺在客廳的正中央，然後另外將一罐可樂擺在我的面前，我可以感受到拿起可樂時瓶身的冰涼感，我可以感受到可樂的碳酸在我口腔內的刺激，我能夠舔到可樂殘留在我味蕾上的甜味，甚至，當我把可樂擺回桌上時，它表面結露的水珠還形成了一圈水痕。

高橋坐在地板上，不斷撫摸著衛星的背脊。

狗不會洩漏我的秘密。

高橋：「一旦養了寵物，就算你自言自語，在旁人眼中都會顯得合理。」

「是啊，沒錯……『自言自語』。」

高橋：「我不確定你對建築感不感興趣，但有個被稱作微型建築始祖的設計師名叫『東孝光』，為了在寸土寸金的東京生活，他給自己蓋的房子佔地面積只有不到二十平方公尺，甚至比兩座標準的停車格還要小，不過他卻可以透過設計讓居住感超出被量化的空間。」

「關鍵是什麼？」

高橋：「和你的哲學一樣：只要住在城市裡，家裡就不必具備所有的功能，如果你想洗衣服，那就去自助洗衣房；如果你想要看書，那就去圖書館；如果你想要做料理，那麼直接去超市就好，這樣反而能夠買到最新鮮的食材。」

「如此一來家中就不需要洗衣機、不需要書架、不需要冰箱。」

「沒錯。」高橋：「而在這之上，你又更進了一步。」

「妳是指哪方面？」

高橋沒說話，只是帶著微笑指向自己。

的確……這個世界瘋狂而冷漠，隨處都有可能埋藏惡意，我的每一個客戶都是活生生的例子，這反而令高橋的存在顯得合理，清楚她真實身分的我，知道自己可以完全不必擔心她會加害於我，她永遠不會對我的訊息已讀不回，她不會無故與我冷戰，她不會生病、不會受傷、不會死亡，當我需要她時，她隨時都會有空，她在物理層面上完全不佔任何空間，她是我最友善的鄰居，她是我腦中的室友，她總是有辦法讓我感覺到安心。

關於她的形象與誕生，我也不是完全毫無頭緒：有一部分的她是來自於我對原生家庭的失望，有一部分的她是來自於我對艾琳的遺憾，有一部分的她來自於我對敏敏的崇拜，甚至有一部分的她……是來自於我對失序的期待。既然如此，那麼就只剩下一個問題。

當衛星喝完水，牠跳到沙發上，並將頭靠在我的大腿望向我，接著嘆了一口氣。

趁著這時，我開口問道：

「高橋，我並不想失禮，不過，為什麼妳還存在？」

高橋：「因為你還需要我。」

「我的意思是：妳是自願的嗎？」

高橋：「是，我是自願的，就跟你一樣：明明是素昧平生的陌生人，但你仍願意擔任他們的救生員。」

「那麼妳認為我需要妳的具體理由是什麼？」

「我記得我們聊過這個話題，洛伊，」高橋：「關鍵不在於需要或必要，而是你想要些什麼。」

「我想要……我猜我想要的是有妳的陪伴。」

點點頭，挑著眉毛，高橋回答：「光是這樣的理由就夠了。」

她是我的理智、我的氟西汀（fluoxetine）、我最幸運的完美平衡。

「不用擔心，一切都會沒事。」高橋說。

她是在我惡夢裡安撫我的那個女人。

「我一直都會是你的救生員。」高橋說。

她是我的阿尼瑪（Anima）。

高橋起身擁抱了我，這一次，我對她再也沒有了恐慌與質疑，她在我的耳邊輕輕對我說：

「我會一直都在。」

謎原創 01

救生員派遣中

作　　者：洛克雷恩
特約編輯：林湘如
總 編 輯：陳思宇
主　　編：杜昀玶
內容開發總監：張晉
版權總監：李潔
行銷企劃：林冠廷、黃婉華
出版發行：凌宇有限公司
地　　址：103 台北市大同區民生西路 300 號 8 樓
電　　話：02-2556-6226
e m a i l ：linkspublishing2021@gmail.com
Facebook：www.facebook.com/linkspublishingtw

封面插圖與設計：R1O（里約）
排　　版：A Hau Liao
印　　刷：造極彩色印刷製版股份有限公司

總 經 銷：前衛出版社＆草根出版有限公司
地　　址：10468 台北市中山區農安街 153 號 4 樓之 3
電　　話：02-2586-5708
傳　　真：02-2586-3758
http://www.avanguard.com.tw

門　　市：謎團製造所
地　　址：103 台北市大同區民生西路 300 號 8 樓
營業時間：每日 11:00-19:00（週日、一店休）
傳　　真：02-2558-8826

出版日期：2025 年 5 月
定　　價：新臺幣 420 元

國家圖書館出版品預行編目資料

救生員派遣中 / 洛克雷恩著 . -- 臺北市 : 凌宇有限公司 , 2025.05
面 ;　公分 . -- (謎原創 ; 1)
ISBN 978-626-7315-26-2(平裝)

863.57　　114000914